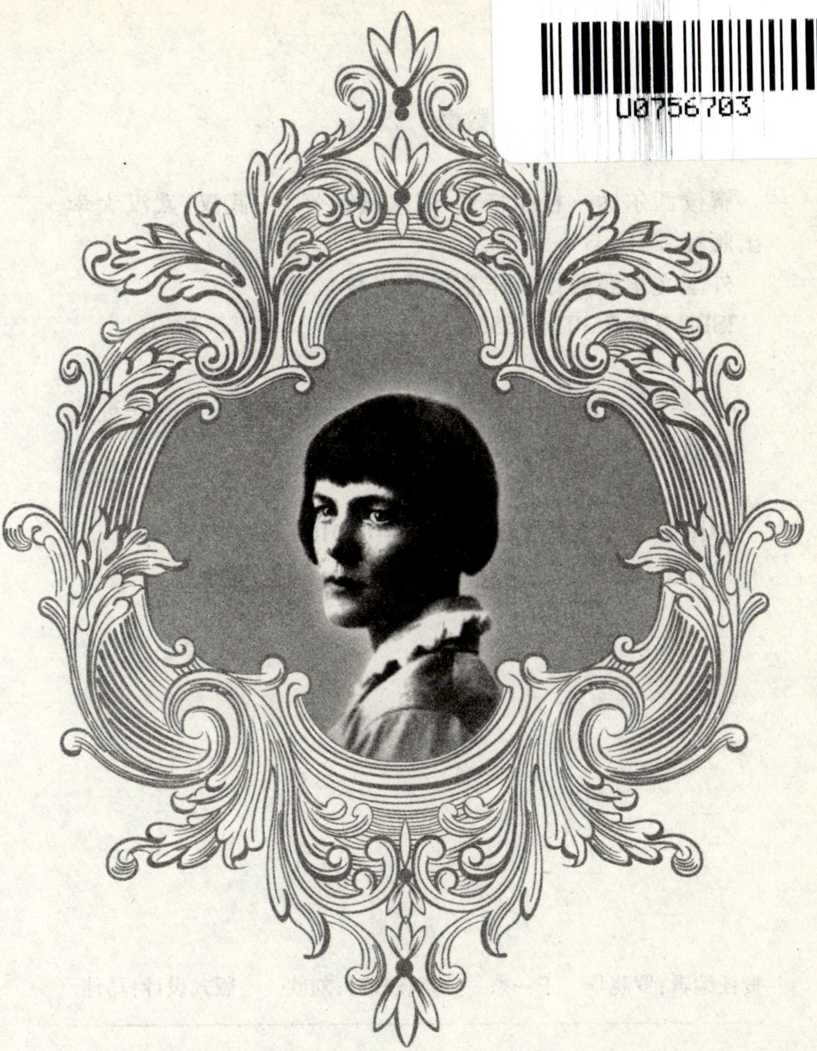

外国文学经典作家作品导读丛书

解读西尔达·杜丽特尔

张东燕 编著

武汉大学出版社

图书在版编目(CIP)数据

解读西尔达·杜丽特尔/张东燕编著.—武汉:武汉大学出版社,2010.3
外国文学经典作家作品导读丛书
ISBN 978-7-307-07557-3

Ⅰ.解… Ⅱ.张… Ⅲ.①诗歌—作品集—美国—现代 ②散文—作品集—美国—现代 Ⅳ.I712.15

中国版本图书馆 CIP 数据核字(2010)第 002456 号

责任编辑:罗晓华 王一杰　责任校对:刘欣　版式设计:马佳

出版发行:**武汉大学出版社**　(430072　武昌　珞珈山)
(电子邮件:cbs22@whu.edu.cn 网址:www.wdp.com.cn)
印刷:华中科技大学印刷厂
开本:950×1260　1/32　印张:6.375　字数:146 千字
版次:2010 年 3 月第 1 版　2010 年 3 月第 1 次印刷
ISBN 978-7-307-07557-3/I·379　　定价:12.00 元

版权所有,不得翻印;凡购买我社的图书,如有缺页、倒页、脱页等质量问题,请与当地图书销售部门联系调换。

前　言

知道西尔达·杜丽特尔吗？还是让我叫她的笔名 H. D. 吧。十多年前在大学里读英美文学的时候，我才在教材里第一次见到她的名字。书上用几小段介绍了她的生平和主要作品，我除了知道她是一名意象派诗人外，别的都不十分了解。教材里选登了她的两首小诗《俄瑞阿得》和《热》，虽不甚解其义，印象却很深刻，因为它们都写得惊人的大气。这匆匆的一面之缘以后，我便渐渐将她淡忘。两年前，我远渡重洋到荷兰的莱顿大学学习英美文学，其中一门课讲的是荷马史诗《奥德赛》在现当代文学中如何被重新演绎，当中提到了 H. D. 的《海伦在埃及》。那是一首长达数百页的"心理史诗"，与先前所说的两首短诗当然不可同日而语，但是那份一如既往的磅礴气势和苍茫寥远的意境，再次让我震撼，遂使我开始对她的作品着迷不已。最终，我把她描写自己在第二次世界大战中心路历程的《三部曲》当作毕业论文的选题。然而对她作品的学习注定是一场"文化苦旅"，她丰富的人生阅历，广博的古典学和人类学知识，对宗教、星相学和秘术的深入钻研，使我不得不上下求索、追根溯源，直到拨开迷雾，华彩毕现。

H. D. 在我心目中是位个性充满矛盾的女子。这或许应该归因于她的生活背景,她是美国人,却在青年时期就远赴欧洲,并在婚后定居英国,再移居瑞士。她有"双性恋倾向",在前往欧洲之前,曾十分爱慕一名女性友人。在婚姻破裂后,她最终与仰慕她的女作家共同生活。按弗洛伊德的说法,她潜意识里希望自己是名男子,并像某些男子一样有着强烈的恋母情结。读她的文字,宛如身临冰与火的双重天地,让人同时感受着冰雪的纯净无声和熔岩的热力激情。风浪追逐流沙,虫豸搏击风暴,一边是深不可测的海洋,一边是无边无垠的荒漠,她似乎永远在不可调和的力量角逐中展现着生命的张力。她双重的个性还体现在她作品里古典主义和现代主义气息的彼此融合中,尤其在后期的作品中,她总是把古老的神话世界与当今的现实生活交织于一处,让横跨东西的远古文明同自身的梦境同时呈现,借古人之事发今人之情,将对外部现实的观照藏于神奇迷离的内心幻境之中。

H. D. 不只是写诗,她还著有多部小说、自传和回忆录,并一度沉迷电影,写下不少影评,甚至还出演过两三部鲜为人知的先锋派影片。她作品的深度和气魄在同时期的女作家中是少有的,可是长期以来,她似乎只被视为小有名气的意象派诗人,许多作品受到冷落,在国内的英美文学教材里,也只收录了她早年的两三首短诗。她就像是英美现代文坛上的一颗孤星,纵然星光无限,却少有人识。奇文当共赏,唯愿这本小小的书册能把她带入读者的心灵世界,让更多的人认识和喜爱她,这也是我能为她做的一点点力所能及的事情吧。

为了较全面地展示 H. D. 的文学创作风格,本书同时选编了她的诗歌作品和散文作品,分诗歌篇和散文篇两大部分。由于 H. D. 后期诗歌作品篇幅很长,又涉及众多的典故和传说,

前　言

对初读者而言不免太过深奥，本书在诗歌篇里收录的都是她早中期的诗歌作品，包括中文翻译和英文原文；散文篇里收录的则是她最具代表性的一部小说和两部回忆录，由于原书篇幅较长，为体现故事的完整性，编者在所选章节中删去了部分段落和语句，因此，这部分只提供中文翻译。在每一篇作品前编者都作了作品简介，文字生涩处也作了注解，希望在最大程度上使读者理解其作品。由于本人水平有限，加之编写时间仓促，难免会有不足之处，还望各位读者不吝赐教，悉心指正。

目　录

第一章　H. D. 生平和作品简介 …………… 1

第二章　H. D. 主要作品概览 …………… 4

第三章　诗歌篇 …………… 6
　1. 意象诗 …………… 6
　2. 希腊神话 …………… 21
　3. 诗剧选段 …………… 53
　4. 玫瑰之歌 …………… 88

第四章　散文篇 …………… 114
　1.《让我活下去》…………… 114
　2.《向弗洛伊德致谢》…………… 153
　3.《结束磨难》…………… 177

参考书目 …………… 195

第一章

H. D. 生平和作品简介

西尔达·杜丽特尔(Hilda Doolittle)，笔名 H. D.①，是美国现代著名女诗人。1886 年，她在宾夕法尼亚州的伯利恒市出生，父亲是宾夕法尼亚大学的天文学教授，母亲是基督教莫利文教派的教徒。父亲在天文学上的造诣，母亲及其家族与莫利文教的渊源都对她以后的文学创作产生了重要作用。15 岁时，H. D. 与在宾夕法尼亚大学就读的艾兹拉·庞德(Ezra Pound)在一次舞会上初次相遇，两人随后成为挚友，并曾订婚，但因 H. D. 家庭的反对最终分手。1905 年，H. D. 就读于宾州的布林莫尔学院(Bryn Mawr College)，在那里结识了日后也成为著名现代女诗人的玛丽安·摩尔(Marianne Moore)。由于健康原因，H. D. 没能完成大学学业。1911 年，她与女友一起首次前往欧洲旅行后，决定留在欧洲。在庞德的引荐下，她进入了伦敦的文学圈，参与先锋派的文学创作。时值英国诗歌界意象派运动方兴未艾之际，意象派运动的发起人之一庞德十

---

① 西尔达·杜丽特尔在其作品上均署名 H. D.，为体现她这一习惯，下文将全部使用她的笔名 H. D.。

分欣赏她的诗歌才华,将她的诗作看成意象诗的典范。1912年,在伦敦大英博物馆的茶室里,庞德在她的一首诗下,信手写下"H. D., Imagiste",从此以后,H. D. 成了杜丽特尔沿用终生的笔名。1913 年,H. D. 与英国诗人和小说家理查德·奥尔丁顿(Richard Aldington)结为伉俪,并从此定居英国。然而这段婚姻没能维持很久,"一战"的爆发和一系列的家庭变故,使得两人的感情破裂,但是直到 1938 年两人才正式离婚。1919 年,与理查德疏离后,H. D. 与音乐家塞西尔·格雷(Cecil Gray)生下一女,取名普提达(Pertida)。和塞西尔分手后,H. D. 结识了英国女作家布赖尔(Bryher,原名 Winifred Ellerman)。布赖尔在她人生中最失意、最无助的时候给予了无私的帮助,与她一起承担了抚养女儿的责任。两人一起四处旅行,共同经历了"二战"中伦敦的大轰炸,最后一起到瑞士定居。一连串的情感波折后,身心疲惫的 H. D. 开始接受一系列的心理治疗。20 世纪 30 年代,H. D. 两度前往维也纳,拜会弗洛伊德,接受他的心理分析。这一段经历对她的文学创作产生了巨大的影响,使她的文学作品在风格和手法上日趋成熟。1961 年,75 岁的 H. D. 在瑞士的苏黎世病逝,死后她的骨灰被送往自己的家乡,埋葬在其父母的坟旁。

  从 1912 年起,H. D. 就不断在文学杂志上发表诗歌,出版诗集。同时,她也创作了一定数量的小说、文学评论和少量的诗剧。不过 H. D. 最为人所熟知的还是她的诗歌作品,特别是她 20 世纪一二十年代间创作的意象诗。她一生酷爱希腊文化,在诗歌创作中借用了大量的古希腊神话,写作风格也十分接近希腊古典诗歌风格,简洁直观、笔力苍劲、气势恢宏,往往一下子就给读者留下难以磨灭的印象。虽然她的诗从骨子里散发出的是古典主义气息,但在形式上则有着鲜明的现代主义

第一章 H.D. 生平和作品简介

色彩。她极少作格律诗,而喜用现代派诗人常用的自由体,诗句没有固定的长短和节拍,却在灵活多变的音韵中力求表现直观和瞬间的感觉体验。H.D. 以意象诗成名,然而她的成就远远超出了意象诗的范围。20 世纪 40 年代以后,受当时诗歌界现代史诗之风的影响,她在诗歌创作上力图寻求自我突破,摆脱以往短小抒情诗的窠臼。她借鉴弗洛伊德式心理分析理论,将梦的解析运用到诗歌上,创作了"心理史诗",即把个人的人生经历与不同民族古老的神话传说相融合,探求人类文明中普遍存在的、永恒的价值和观念。值得一提的是,一直以来,H.D. 都在她的诗歌作品里注入了女性主义的思想。她早年的抒情意象诗,如《海的花园》等系列短诗,就以同风浪搏击的"海上花"形象展示了女性自爱自强的独立意识。在后期的作品里,她强烈反对文学领域中贬低甚至排斥女性作家的男权中心论,试图在横跨东西、纵观古今的文化探索中唤醒世人对远古文明的记忆,追述一部独立于传统文明史之外的女性文明史。在当今蓬勃发展的女性主义研究领域里,她的作品受到了越来越多的关注。

H.D. 一生博览群书,也从未间断写作。除诗歌以外,她的自传体小说、回忆录和文学评论等创作也别具匠心、引人入胜。值得一提的是,H.D. 的诗歌和散文往往带有很强的自传性,处处皆有"我",字里行间无不流淌着她亲身经历的苦乐哀愁。读者从中不仅可以了解她的家人朋友、她几经沉浮的感情经历,还能看到一个个充满智慧、性格各异的大师形象,这些对理解她的作品都有很大的帮助。

第二章

H. D. 主要作品概览①

标题	体裁	完成时间(年)
《海的花园》(Sea Garden)	诗集	1916
《思想和想象的随想》(Notes on Thought and Vision)	文学评论	1919
《海门》(Hymen)	诗歌音乐剧	1921
《今天来画》(Paint it Today)	小说	1921
《水仙》(Asphodel)	小说	1922
《贺里奥多拉》(Heliodora)	诗集	1924
《复写》(Palimpsest)	小说	1924
《西波里特斯·泰伯莱易斯》(Hippolytus Temporizes)	诗剧	1925
《诗歌集》(Collected Poems)	诗集和诗歌翻译	1925
《〈放大〉评论集》(Close Up Reviews)	电影评论集	1927—1929

---

① 此表格中所列信息均摘自 Susan Stanford Friedmans 撰写的 Dating H. D.'s Writing 一文。

第二章 H.D. 主要作品概览

续表

标题	体裁	完成时间(年)
《她》(HER)	小说	1930
《铜铸红玫瑰》(Red Roses for Bronze)	诗集	1931
《伊翁》(Ion)	戏剧翻译	1935
《三部曲》(Trilogy) 1《城墙未倒》(The Walls Do Not Fall) 2《向天使致谢》(Tribute to the Angels) 3《开花的节杖》(The Flowering of the Rod)	长诗	1942—1944
《礼物》(The Gift)	自传	1944
《向弗洛伊德致谢》(Tribute to Freud)	回忆录	1948
《海伦在埃及》(Helen in Egypt)	长诗	1955
《结束磨难》(End to Torment)	回忆录	1958
《让我活下去》(Bid Me to Live)	小说	1960
《密义》(Hermetic Definition)	诗集	1961

第三章

诗 歌 篇

1. 意象诗

H. D. 最早是以写意象诗成名的。尽管她一生笔耕不辍、诗作等身,但是作品里最广为后人所知的仍是她早年写下的抒情意象主义诗歌。英美意象主义诗歌被视作英美现代主义诗歌的前身,它兴起于20世纪一二十年代,由美国著名现代诗人庞德和英国现代诗歌理论家 T. E. 休姆等人在伦敦发起。意象主义诗人不满维多利亚时期以来英语诗歌诗句的冗长刻板、词藻堆砌浮华以及过于直露的个人情感宣泄,主张模仿法国的象征主义诗歌,并借鉴传统的东方诗歌,主要是日本和中国的古典诗歌,通过不带有个人情绪的客观意象,创造出深邃抽象的意境。在写作手法上,强调意象的瞬间性和直接性,避免不必要的修饰语,要求用词精练准确、音韵自然流畅,提倡自由体。H. D. 早年的一系列抒情诗恰恰符合了意象主义者对诗歌创作的要求,得到了当时诗坛领袖庞德的欣赏和推崇。庞德将她的作品视为意象诗的范本,1912年在大英博物馆的茶室里,

第三章 诗 歌 篇

他在 H. D. 的《引路的赫尔墨斯》(*Hermes of the Ways*)的诗稿下涂写了"H. D.，意象派诗人"，并把它推荐在诗刊《诗歌》上发表①，H. D. 由此正式步入现代诗坛，在远离故土美国的英伦渐渐声名鹊起。

《海的花园》(*Sea Garden*)是 H. D. 的第一本诗集，发表于1916 年。诗集中的短诗以刻画坚韧不拔的"海上花"形象为主，具有鲜明的意象诗风格，代表了 H. D. 早年的艺术成就。第一次世界大战期间，H. D. 经受了战争和个人情感风波的双重磨难，世事的艰辛使她饱尝了人生的苦痛，也磨砺了她坚毅不屈的意志。H. D. 将这些深刻的人生体验都倾注到笔端，她的《海的花园》彻底颠覆了传统的花园形象。在诗中，传统花园和室内的花朵代表的都是矫揉造作、无力乏味的世俗美，而海上花园竭力展现的则是一种激荡着生命热情的力量之美。一朵朵小小的"海上花"，没有沃土雨露的滋润，没有园丁的精心呵护，却在风吹浪打的岩石沙砾间顽强地绽放。它们虽然饱经风霜、形容枯槁，可是强大的生命力和不屈的意志却令它们愈发美得动人心魄。众所周知，在传统的诗歌意象中，花朵代表的是女性的姣丽柔美，而花园则多是甜蜜爱情发生的场所，H. D. 却打破了世人对女性和爱情所固有的审美意识，用风沙海浪等严酷的自然环境和顽强生存的"海上花"形象凸显坚强独立、勇敢无畏的现代女性形象。从这个意义上说，"海上花"无疑带有强烈的女性主义色彩。从写作风格上看，这一组短诗均采用自由体，音韵流畅、节奏紧凑，用词极为简练，诗

---

① 见：H. D.. *End to Torment*: *A Memoir of Ezra Pound*. Ed. Norman Holmes Pearson and Michael King. New York: New Directions, 1979: p. 18.

句短小精悍，字字如刀似斧，凝聚着惊人的爆发力，充分展现了 H. D. 意象诗的独特魅力。

本章所选的意象诗，除《俄瑞阿得》选自《诗歌集》外，其余均出自《海的花园》。

海的玫瑰

玫瑰，刺目的玫瑰，
容颜憔悴，花瓣凋残，
嶙峋的花朵，清瘦单薄，
叶子稀落，

却比在花茎上独放的
湿漉漉的玫瑰
更显珍贵——
你在水波中漂流。

没能长大，叶子细小，
你被冲上沙滩，
松脆的沙砾
风中飞扬，
你被高高吹起。

浓香扑鼻的玫瑰岂有
如此辛辣的芬芳滴落

第三章 诗 歌 篇

凝结在叶子上?

Sea Rose

Rose, harsh rose,
marred and with stint of petals,
meager flower, thin,
sparse of leaf,

more precious
than a wet rose
single on a stem—
you are caught in the drift.

Stunted, with small leaf,
you are flung on the sand,
you are lifted
in the crisp sand
that drives in the wind.

Can the spice-rose
drip such acrid fragrance
hardened in a leaf?

海的罂粟

琥珀色的外壳
刻着金色的凹槽,
沙滩上的果实
鲜艳夺目,颗粒饱满,

珍宝
在松树旁漫溢
染白了巨石:

在潮湿的鹅卵石,
和海浪冲刷的漂浮物中,
在破碎的贝壳
和开裂的海螺里,
你生了根。

美不胜收,尽情绽放,
叶上的火焰,
怎样的草地上能生出
这么芳香,
这么艳丽的一片叶?

第三章 诗 歌 篇

Sea Poppies

Amber husk
fluted with gold,
fruit on the sand
marked with a rich grain,

treasure
spilled near the shrub-pines
to bleach on the boulders:

your stalk has caught root
among wet pebbles
and drift flung by the sea
and grated shells
and split conch-shells.

Beautiful, wide-spread,
fire upon leaf,
what meadow yields
so fragrant a leaf
as your bright leaf?

海的紫罗兰

白色紫罗兰
枝上吐幽香,
海的紫罗兰
易碎似玛瑙
顶风倒在
沙滩
碎裂的贝壳里。

个头大些的蓝色紫罗兰
在山峦摇曳
可有谁情愿为了它们
有谁情愿为了它们
交出一株白色紫罗兰?

紫罗兰哟
你勉强拽住
沙丘的边缘,
却发出了光亮——
冷霜,热力四射的星辰。

第三章 诗 歌 篇

Sea Violet

The white violet
is scented on its stalk,
the sea-violet
fragile as agate
lies fronting all the wind
among the torn shells
on the sand-bank.

The greater blue violets
flutter on the hill
but who would change for these
who would change for these
one root of the white sort?

Violet
your grasp is frail
on the edge of the sand hill,
but you catch the light—
frost, a star edges with its fire.

解读西尔达·杜丽特尔

海的鸢尾花①

野草，苔藓，
在沙滩上盘根交错，
海的鸢尾，羸弱之花，
如贝壳般的花瓣
残破，
你留下的倩影
似纤枝一束。

幸运儿呀，
清香袭人，坚毅倔强，
蕾香如没药，
花香似樟脑，
甘甜又涩咸——你是风
在我们鼻中逗留。

Sea Iris

Weed, moss-weed,
root tangled in the sand,
sea-iris, brittle flower,

---

① 原诗共两小节，这里选取了第一小节。

第三章 诗 歌 篇

one petal like a shell
is broken,
and you print a shadow
like a thin twig.

Fortunate one,
scented and stinging,
rigid myrrh-bud,
camphor-flower,
sweet and salt—you are wind
in our nostril.

夜

夜割开了
朵朵玫瑰
从枝上
揪下花瓣
落红憔悴成排

向下,迈着威武的步子,
向下,直到枝皮破碎,
向后,直到每片折弯的叶
与枝干分离;

向下，踏着沉沉的步履，
向下，直到花后的叶子
朝后弯曲
直到它们飘落在地
向后，直到它们香消玉殒。

夜啊，
你夺去玫瑰的
花瓣，
让她在枝头残碎。

Night

The night has cut
each from each
and curled the petals
back from the stalk
and under it in crisp rows;

under at an unfaltering pace,
under till the rinds break,
back till each bent leaf
is parted from its back;

under at a grave pace,

under till the back leaves
are bent back
till they drop upon the earth
back till they are all broken.

O night,
you take the petals
of the rose
to perish on the branch.

暴风雨

你向树木扑来,
你斩断鲜活的树枝——
枝条苍白,
绿意尽褪,
片片断叶似锯木。

你昏黑的雨珠
砸压树木,
你旋转跌宕——
把一片湿重的树叶
带进狂风,
它被抛远,
翻飞,坠落,

解读西尔达·杜丽特尔

似青石一块。

Storm

You crash over the trees,
you crack the live branch—
the branch is white,
the green crushed,
each leaf is rent like split wood.

You burden the trees
with black drops,
you swirl and crash—
you have broken off a weighted leaf
in the wind,
it is hurled out,
whirls up and sinks,
a green stone.

热①

噢,风,刮开这热气,
劈散这热气

---

① 此诗原是《花园》的第二部分,诗名是编者自加的。

第三章 诗 歌 篇

将它撕成碎片。

果子无法穿过这绵密的热气,
落到地面——
果子不能掉进热里
它压平了
山梨的凸起,
挤圆了葡萄。

劈开这热气——
从它身上犁过,
把它降服在
你所到之处。

Garden

II

O wind, rend open the heat,
cut apart the heat,
rend it to tatters.

Fruit cannot drop
through this thick air—
fruit cannot fall into heat

解读西尔达·杜丽特尔

that presses up and blunts
the points of pears
and rounds the grapes.

Cut the heat—
plough through it,
turning it on either side
of your path.

俄瑞阿得①

翻卷呀,大海——
卷起你尖细的松针,
拍溅你巨大的苍松
在我们的岩石上,
扬起你的碧涛到我们身上,
用你青杉般的漩流,覆盖我们。

Oread

Whirl up, sea—
whirl your pointed pines,

---

① 俄瑞阿得是希腊神话中的山林女神,她时常陪伴狩猎女神阿尔忒弥斯,在山林中嬉闹狩猎。本诗模仿俄瑞阿得的语气,向大海发号施令。

第三章 诗 歌 篇

> splash your great pines
> on our rocks,
> hurl your green over us,
> cover us with your pools of fir.

2. 希腊神话

　　希腊神话和《圣经》被并称为西方文学和艺术的两大渊源。文艺复兴以来，随着希腊文化的重新发掘，奇伟瑰丽的希腊神话也重获新生，带给无数文人和艺术家不绝的灵感和创作激情。从现代主义逐渐兴盛的19世纪晚期到20世纪五六十年代，欧洲文坛刮起了一阵猛烈的"希腊神话之风"。人文学家和历史学家有关希腊神话研究的作品盛行不衰，几乎成为每个文人的必读之书。当时的诗坛宿将如庞德、艾略特、叶芝等人的诗歌作品里无不广泛涉及各个希腊神话人物。这股希腊神话之风也吹拂到其他领域，如弗洛伊德和荣格的心理学著作中也处处有希腊神话的身影。20世纪初即来到英国的 H. D. 当然也深受此文坛潮流的影响。她不仅通读希腊神话，还精通希腊文，对希腊文化的研究相当精湛，不逊于大学里的古典文学教授。她朴实简练、硬朗大气的诗风，也颇具希腊史诗的风范。在 H. D. 一生的文学作品中，希腊神话始终占有重要的地位，不过她并不完全照搬神话故事，对神话人物也往往有着自己的解读，有时甚至让古希腊人物置身于现代生活环境之中。H. D. 最喜爱的神话人物莫过于坚贞独立、无屈无畏的狩猎女神阿尔忒弥斯和智慧过人、纯洁高贵的雅典娜，她经常在诗作中自比两位女神,表现自己不畏困苦,也不为世俗情爱所累,以求知为乐的精神境界。本章所选的诗歌均是 H. D. 早年的诗作,发表在1925年的《诗歌集》里,其中《丽达》和《海伦》表现了 H. D. 对传统意识的反叛和对神话人物的重写。

墓志铭

那么我会说:
"我绝尘而去,
转瞬即逝";

那么他们会说:
"她至死企望
人世不容的炽诚";

那么你会说:
"希腊之花;永远带着
希腊人的激扬

毕生
追寻
精妙歌声里迷失的音符。"

Epitaph

So I may say,

第三章 诗 歌 篇

"I died of living,
having lived one hour";

so they may say,
"she died soliciting
illicit fervour";

so you may say,
"Greek flower; Greek ecstasy
reclaims for ever

one who died
following
intricate songs' lost measure."

引路的赫尔墨斯①

一

坚硬的沙石迸裂，
碎沙，

---

① 赫尔墨斯是天神宙斯的儿子，奥林匹亚诸神的传话人，主管语言、商贸和医药，也是行人的保护神，为他们指明道路。另外，他也为死者指引通向冥府的道路。在古希腊和古罗马时代，人们会在交叉路口挂上赫尔墨斯的小雕像，以期得到指点，顺利抵达目的地。

解读西尔达·杜丽特尔

清亮如酒。

沙丘远方,
海风,
在宽阔的岸边嬉耍,
堆起小小的山包,
巨浪又
将它冲垮。

但我知道,
除了波浪滚滚的海路,
在三岔路前,
赫尔墨斯,
在等待。

迟疑不决地
面朝三条道路,
迎候途中旅人,
海上的果园
从东到西,
为他遮庇,
他躲过海风的侵袭;
直面威严的沙丘。

风从沙丘上

第三章 诗 歌 篇

疾驰而过,
粗糙、盐渍的海草
发出回响。

哎哟,
风抽打我的脚踝!

二

这洁白的溪流
真是细巧,
源自白杨覆盖的山峦,
从地下流淌而过,
溪水却也甘甜。

生在矮树上的苹果
真是干硬,
模样太小,
迫不及待的太阳
力穿海上薄雾
刚把它们催熟。

树上枝条
缠绕交错
郁结丛生;
缠绕交错的正是

解读西尔达·杜丽特尔

细叶连连的枝条。

可它们的身影
怎堪比桅杆
和残旧的风帆。

赫尔墨斯,赫尔墨斯,
怒海惊涛,
誓将我吞咬;
你却依旧等候
在海中草和岸上草的
交结处。

Hermes of the Ways

I

The hard sand breaks,
and the grains of it
are clear as wine.

Far off over the leagues of it,
the wind,
playing on the wide shore,
piles little ridges,

第三章 诗 歌 篇

and the great waves
break over it.

But more than the many-foamed ways
of the sea,
I know him
of the triple path-ways,
Hermes,
who awaits.

Dubious,
facing three ways,
welcoming wayfarers,
he whom the sea-orchard
shelters from the west,
from the east
weathers sea-wind;
fronts the great dunes.

Wind rushes
over the dunes,
and the coarse, salt-crusted grass
answers.

Heu,

it whips round my ankles!

II

Small is
this white stream,
flowing below ground
from the poplar-shaded hill,
but the water is sweet.

Apples on the small trees
are hard,
too small,
too later ripened
by a desperate sun
that struggles through sea-mist.

The boughs of the trees
are twisted
by many bafflings;
twisted are
the small-leafed boughs.

But the shadow of them
is not the shadow of the mast head
nor of the torn sails.

第三章 诗 歌 篇

Hermes, Hermes,
the great sea foamed,
gnashed its teeth about me;
but you have waited
where sea-grass tangles with
shore-grass.

女猎手①

来呀！举矛与我们搏斗，
我们脚步匆匆
赤裸的脚踵
踩出印子——
我们牢牢站住——你可看好——
是否你已输掉
这场赛跑？

哪怕山风呼啸，
我们一马当先，
山丘上土石散落

---

① 这首诗里的女猎手指的是希腊神话中的狩猎女神阿尔忒弥斯。她不涉尘世，终日披弓带箭，与山林为伍，是女性贞洁、独立和勇敢的代表，也由此成为 H. D. 最喜爱的希腊神话人物之一。

解读西尔达·杜丽特尔

噼啪作响——
我们双足插进土里
锋利似矛。

我们爬越犁好的田地,
拽出泥缝中的种子,
用脚踵踩碎泥石,
飞旋入林
焦渴呼号:

你可敢来,
你可敢来,
可敢跟随猎犬踪迹
踏上滚烫的泥泞?

跳起来吧——向前冲吧——
紧追最善跑的人,
哎,你竟退离了赛途
颓然败倒在我们脚下。

Huntress

Come, blunt your spear with us,
our pace is hot
and our bare heels

in the heel-prints—
we stand tense—do you see—
are you already beaten
by the chase?

We lead the pace
for the wind on the hills,
the low hill is pattered
with loose earth—
our feet cut into the crust
as with spears.

We climbed the ploughed land,
dragged the seed from the clefts,
broke the clods with our heels,
whirled with a parched cry
into the woods:

Can you come,
can you come,
can you follow the hound trail,
can you trample the hot froth?

Spring up—sway forward—
follow the quickest one,

aye, though you leave the trail
and drop exhausted at our feet.

西蒂斯①

二

你游过
圆形的小岛
和一段
洁白的海滩,
海滩弯如新月,
如象牙,经妙手
雕琢:
当太阳滑落在
海角天边,
珍奇的琥珀色
尽染海面,
海豚在水下游摆,
琥珀色的光斑

---

① 西蒂斯是海神涅柔斯(Nereus)五十个女儿中的一个,H. D. 对大海的喜爱使西蒂斯成为她笔下的重要神话人物之一。在这首诗里,西蒂斯被描绘成无忧无虑的美丽少女,追逐海浪,漫步沙滩。在 H. D. 晚年的史诗《海伦在埃及》中,西蒂斯以特洛伊战争中希腊名将阿基里斯(Achilles)母亲的身份出现,是诗中的关键人物之一。原诗共四小节,这里选取了第二小节和第四小节。

第三章　诗　歌　篇

照耀它的后背，
镶珠嵌玉的缰绳，
套具和嚼头。

四

假使夕阳按下
沉重的王冠，
假使黎明抛洒
过度的娇媚，
假使你跃上浪端，
摘花入怀，
嬉笑时有了倦意，
尽可纵身潜入
海底深渊，
那里大鱼不敢前去，
也不见小鱼闪耀跳窜，
古老的海城静谧安详，
沉静的城墙上只爬满
银莲和
百里香的鲜花。

Thetis

II

You will pass

beneath the island disk
and the white stretch
of its white beach,
curved as the moon crescent
or ivory when some fine hand
chisels it:
when the sun slips
through the far edge,
there is rare amber
through the sea,
and flecks of it
glitter on the dolphin's back
and jeweled halter
and harness and bit
as he sways under it.

IV

Should the sun press
too heavy a crown,
should dawn cast
overmuch loveliness,
should you tire as you laugh,
running from wave to wave-crest,
gathering the sea-flower to your breast,
you may dive down

第三章 诗 歌 篇

to the uttermost sea depth,
where no great fish venture
nor small fish glitter and dart,
only the anemones and flower
of the wild sea-thyme
cover the silent walls
of an old sea-city at rest.

赛丝①

轻而易举地
人们就顺从我的心意,
轻而易举地
我只消一碰,就把人样变,
可你呀
漂流在磅礴的海上,
我要如何将你唤回?

雪松和白蜡树,

---

① 赛丝是荷马的《奥德修斯》中的女巫,居住在 Aeaea 岛上。她爱上了从特洛伊归来,途经该岛的希腊名将奥德修斯。赛丝用法术把奥德修斯的部下和随从都变成了猪,并将奥德修斯扣留下来。直到一年后,在智慧女神雅典娜的劝解下,赛丝才释放了奥德修斯,并为他指点回家乡伊萨卡的海上路径。H. D. 的这首诗展现的正是赛丝因得不到奥德修斯的爱,而无法将他挽留的无奈和悲伤。

岩上的松和沙中的树
还有赤杨
红雪松，白雪松
还有长在密林深处的黑雪松，
阵阵的仙香，
我所有的魔法都是枉然。

轻而易举地——
我念头一闪，远在天边的人
也要听命而来，
祈求我的触碰，
哭喊着求见我的真容，
苦苦哀求
直到我心生怜悯
恢复他们本来的模样。

美洲狮，美洲狮
后面紧跟
一只黑豹——
黝黑的美洲狮，赤红的美洲狮
还有威武神勇的
大猎犬，
利爪穿过沙土，围成一圈
包围我远离土地，

第三章 诗 歌 篇

喉管里爆发的吼叫
比海声更响,
海的咆哮伴着它们的嗥叫
怒吼和呼嚎,
长刺海星
走石飞沙,
岩上赤杨,
海风呼啸——
只是不闻你的声音。

轻而易举地,我就把人
从天边唤来,
轻而易举地,只消念头闪过
人们就应命来我脚下——
多么美妙,看那高大的美洲狮
和皮毛光滑的捕鹿犬
在夜色下绕地而行。
轻而易举地,
宫殿就弥漫着
雪松和白蜡树的幽香,
海穴就可铺满
象牙和玛瑙。

可我甘愿舍弃

珊瑚流苏,
岛上宫宇里
最幽深的密室,
我得到的礼物
和魔力掌控的
一切领地,只为你凝眸一瞥。

Circe

It was easy enough
to bend them to my wish,
it was easy enough
to alter them with a touch,
but you
adrift on the great sea,
how shall I call you back?

Cedar and white ash,
rock-cedar and sand plants
and tamarisk
red cedar and white cedar
and black cedar from the inmost forest,
fragrance upon fragrance
and all my sea-magic is for nought.

第三章 诗 歌 篇

It was easy enough—
a thought called them
from the sharp edges of the earth;
they prayed for a touch,
they cried for the sight of my face,
they entreated me
till in pity
I turned each to his own self.

Panther and panther,
then a black leopard
follows close—
black panther and red
and a great hound,
a god-like beast,
cut the sand in a clear ring
and shut me from the earth,
and cover the sea-sound
with their throats,
and the sea roar with their own barks
and bellowing and snarls,
and the sea-stars
and the swirl of the sand,
and the rock-tamarisk

and the wind resonance—
but not your voice.

It is easy enough to call men
from the edges of the earth.
It is easy enough to summon them to my feet
with a thought—
it is beautiful to see the tall panther
and the sleek deer-hounds
circle in the dark.
It is easy enough
to make cedar and white ash fumes
into palaces
and to cover the sea-caves
with ivory and onyx.

But I would give up
rock-fringes of coral
and the inmost chamber
of my island palace
and my own gifts
and the whole region
of my power and magic for your glance.

第三章 诗 歌 篇

丽达①

缓缓河水
迎来涌潮之地,
红天鹅张开赤红的双翼,
扬起朱喙,
在柔软胸膛的
紫色羽绒下
松开他珊瑚般的硬爪。

透过这深紫色笼罩下的烈日和瘴雾
阴闷的热气
平铺的阳光,
用邪恶的胸膛
将百合摩挲,
绚烂的金光

---

① 丽达本是斯巴达皇后,宙斯被她的美貌打动,化身一只美丽的天鹅,扑到她的身上,强占了她。丽达随后产下了两枚蛋,从中各生出男女两对双胞胎。男孩们后被宙斯变为星辰,即双子星。女孩中的一人成为攻克特洛伊的希腊首领阿伽门农的妻子;另一人便是拥有倾城之貌的海伦,被特洛伊王子帕里斯抢夺,并由此引发了希腊和特洛伊王国之间长达十年的战争。丽达与天鹅是西方常见的绘画和诗歌主题,如著名爱尔兰现代诗人叶芝就写有《丽达与天鹅》一诗。相比之下,H.D. 的诗对古老的希腊神话作了新的诠释,天鹅没有被塑造成一个霸占者,而是充满了柔情蜜意,它和丽达的结合显得温馨甜蜜。此外,H.D. 更加突出表现了意象和色彩,在意思的表达上也更为抽象含蓄。

点染鲜黄的花冠。

渐涨的潮水
沁入河道,
在苇丛间
轻柔荡漾,
托起黄色的菖蒲,
天鹅游弋在
潮水与河流的相逢处。

啊,君王高贵的一吻——
别再用悔恨
跟深藏的记忆
破坏这份欢娱;
莎草低矮,密密丛生,
在那里,鲜黄的百合
倾情绽放,依偎着
红天鹅
轻抖的双翼
和红天鹅
颤动的暖膛。

Leda

Where the slow river
meets the tide,

第三章　诗　歌　篇

a red swan lifts red wings
and darker beak,
and underneath the purple down
of his soft breast
uncurls his coral feet.

Through the deep purple
of the dying heat
of sun and mist,
the level ray of sun-beam
has caressed
the lily① with dark breast,
and flecked with richer gold
its golden crest.

Where the slow lifting
of the tide,
floats into the river
and slowly drifts
among the reeds,
and lifts the yellow flags,

---

①　百合花(lily)在西方文学中是贞洁高雅的象征，H. D. 在诗中没有直接描写丽达，而是把她比作纯洁的百合花。轻抚鲜花的金色阳光自然暗喻宙斯。

he floats
where tide and river meet.

Ah kingly kiss—
no more regret
nor old deep memories
to mar the bliss;
where the low sedge is thick,
the gold day-lily
outspreads and rests
beneath soft fluttering
of red swan wings
and the warm quivering
of the red swan's breast.

附:

丽达与天鹅
威廉·勃特勒·叶芝

突然一击：在踉跄的少女身上
那巨翅仍在乱扑，黑色的脚蹼抚摩着
她的腿，他的喙衔着她的脖颈，
用胸膛压住她无助的身体。

被惊呆的手指，哪还有力

第三章 诗 歌 篇

从松开的腿间推开那白羽?
翻倒在灯心草里的身体
怎样感觉他奇异的心跳?

从腰股间的颤抖,竟生出
断墙、残塔,漫天烈焰
与阿伽门农之死。
当她被占有时,
被云中的野蛮热血俘获时,
她得到了他的力量,是否也得了他的知识,
在那漠然的喙放开她之前?

(译者:李立玮)

Leda and the Swan

William Butler Yeats

A sudden blow: the great wings beating still
Above the staggering girl, her thighs caressed
By the dark webs, her nape caught in his bill,
He holds her helpless breast upon his breast.

How can those terrified vague fingers push
The feathered glory from her loosening thighs?
And how can body, laid in that white rush,

解读西尔达·杜丽特尔

But feel the strange heart beating where it lies?

A shudder in the loins engenders there
The broken wall, the burning roof and tower
And Agamemnon dead. ①
Being so caught up,
So mastered by the brute blood of the air,
Did she put on his knowledge with his power
Before the indifferent beak could let her drop?

海伦②

希腊人无不憎恨

---

① 这一节喻指海伦的出世和后来的特洛伊战争。
② 古希腊以来，特洛伊战争被许多的文人传唱，其中最著名的莫过于《荷马史诗》。根据《荷马史诗》，这场战争的起因当追溯到海神西蒂斯的婚礼。未受邀请的不谐女神厄里斯，一气之下拿出金苹果，要特洛伊王子帕里斯交给到场的最美的女神。在天后赫拉、智慧女神雅典娜和美神阿芙洛蒂特之中，帕里斯最后选中了美神。阿芙洛蒂特答应帮他得到人间最美的女子斯巴达皇后海伦为妻。海伦被帕里斯掳走后，希腊率军队征讨特洛伊，由此开始了长达十年的特洛伊战争。在《荷马史诗》的巨大影响下，千百年来，世人多把这场战争归罪于美貌的海伦，视她为红颜祸水。在荷马以后的大多数艺术作品中，美貌绝伦的海伦多被给予轻浮放荡、爱慕虚荣的负面形象。但是也有一些古希腊作品对特洛伊战争有不同的解释，认为海伦是无辜的，希腊只是把夺回海伦作为借口，伺机攻打觊觎良久的富庶的特洛伊。H. D. 对特洛伊战争和海伦的态度都深受后一类非主流作品的影响，认为海伦遭到了诬蔑，蒙受了冤屈，对她抱以深切的同情。在这首诗里，海伦虽为千夫所指，却是"质本洁来还洁去"。H. D. 晚年的力作《海伦在埃及》更是对海伦的一次重塑。

第三章 诗 歌 篇

那洁白脸庞上宁静的双眸,
她伫立时
橄榄树般的风姿,
和那洁白的双手。

希腊人无不痛恨
她微笑时苍白的面容,
回想起她曾经的魅惑,
和犯下的罪过,
那愈发苍白的面色,
令他们恨之入骨。

希腊人漠然看着
爱中降生的,主神之女①,
美貌红颜,生着冰凉的玉足,
和修颀无比的双膝。
若要他们爱这少女
唯有待她躺倒
在墓园的柏树间,化作一抔白土。

---

① 参见《丽达》的注释。

解读西尔达·杜丽特尔

Helen

All Greece hates
the still eyes in the white face,
the luster as of olives
where she stands,
and the white hands.

All Greece reviles
the wan face when she smiles,
hating it deeper still
when it grows wan and white,
remembering past enchantments
and past ills.

Greece sees unmoved,
God's daughter, born of love,
the beauty of cool feet
and slenderest knees,
could love indeed the maid,
only if she were laid,
white ash amid funeral cypresses.

第三章 诗 歌 篇

阿多尼斯①

一

我们个个如你
曾亲临死神的殿堂,
个个如你
曾在飘零的树叶中穿行,
在冬霜下,
我们枯裂弯折
饱受摧残却顽强不屈,
被烧成金黄的圆点
再度闪亮,
似明丽的琥珀,点点金叶,
在阳光的热力下,
金光闪耀,生机重现。

我们个个如你

---

① 阿多尼斯是希腊神话中代表着重生的植物之神。在古罗马诗人奥维德的《变形记》里,阿多尼斯是为爱神维纳斯所爱的美少男,后来不幸被野猪咬死。伤心的爱神用他的鲜血将他变成了一株火红的鲜花。维纳斯和阿多尼斯的爱情故事被写进很多文学作品里,如莎士比亚的长诗《维纳斯与阿多尼斯》等。H. D. 的这首诗没有像传统诗歌那样去表现人神之恋这一主题,而是讴歌了阿多尼斯死而复生的生命力。

曾亲临死神的殿堂，
我们都曾走过远古的林中小径
看见冬日的树叶
在阳光的热焰下显得如此金艳
连林中盛开的鲜花
都黯然失色。

二

你伫立其间的
金色庙宇
没有这等辉煌，
捆挷你便鞋的黄金，
浇铸在你凿成的
卷发中的黄金
也没有这陈年之叶的辉煌
锤打、堆砌
和敲击在
你情人①脸庞，
眉宇和胸膛上的万千黄金
也没这等辉煌

我们个个如你

---

① 指的是爱神。

第三章 诗 歌 篇

曾亲临死神的殿堂,
我们个个如你
孑然挺立,如你,
值得崇敬。

Adonis

I

Each of us like you
has died once,
each of us like you
has passed through drift of wood-leaves,
cracked and bent
and tortured and unbent
in the winter frost,
then burnt into gold points,
lighted afresh,
crisp amber, scales of gold-leaf,
gold turned and re-welded
in the sun-heat;

each of us like you
has died once,
each of us has crossed an old wood-path

and found the winter leaves
so golden in the sun-fire
that even the live wood-flowers
were dark.

II

Not the gold on the temple-front
where you stand,
is as gold as this,
not the gold that fastens your sandal,
nor the gold reft
through your chiseled locks
is as gold as this last year's leaf,
not all the gold hammered and wrought
and beaten
on your lover's face,
brow and bare breast
is as gold as this:

each of us like you
has died once,
each of us like you
stands apart, like you
fit to be worshipped.

第三章 诗 歌 篇

3. 诗剧选段

希腊文化带给 H. D. 一个个奇伟瑰丽的神话传说，与此同时，灿烂辉煌的希腊戏剧也为她的创作提供了不竭的源泉。H. D. 最喜爱的希腊剧作家是著名的悲剧大师欧里庇得斯（Euripidies）。他的悲剧多以复仇为主题，对正义与人性善恶的标准展开深入的探讨。从 19 世纪 20 年代开始，H. D. 就开始了对欧里庇得斯剧作的翻译，特别是歌队合唱词（chorus）的翻译。歌队是希腊戏剧的重要组成部分，一般由 50、15 或 12 个代表不同身份的歌舞演员组成，他们身着亮丽的服饰，在戏剧的开场、退场和每一场演出中，都要载歌载舞，甚至会参与戏剧的情节。他们的合唱词起着交待故事背景、推动情节发展、表现人物心理和烘托戏剧情境的作用。H. D. 在翻译这些合唱词时，不拘泥于原文的音律，而更看重对人物感情和戏剧冲突的生动再现。那极其简短的诗行、词句的反复，以及不规则但充满节奏感的诗歌韵律使她的译作带有显著的个人风格，同时也完美再现了原作雄浑悲壮的戏剧风格。除了翻译戏剧作品，H. D. 也创作了少量诗剧，如《海门》（*Hymen*）和以欧里庇得斯原著为蓝本创作的《西波里特斯·泰伯莱易斯》（*Hippolytus Temporizes*）。本章选取的三段合唱词，均源自欧里庇得斯的悲剧。

《酒神的女信徒》里的合唱词

希腊神话中的酒神狄奥尼索斯（Dionysos/Dionysus）是主神宙斯和底比斯女子西姆莱（Semele）之子，为避免妒忌成性的天后赫拉的报复，他出生后，被宙斯交给山林女仙抚养。欧里庇得斯的悲剧《酒神的女信徒》(*The Bacchae*)讲述了酒神长大后回到他的出生地底比斯城，看到举国上下都对他顶礼膜拜，唯独国王一人不信奉他，并阻拦当地人对他进行祭拜。他十分恼怒，将国王诱骗到山中。山里正进行酒神崇拜仪式的人将国王杀死，而愤怒的母后还肢解了国王的尸体。"The Bacchae"或"The Bacchantes"是酒神巴克斯(Bacchus)(狄奥尼索斯的罗马名)的祭司和信众的意思。在古希腊的一些城市里，曾经盛行膜拜酒神的秘密仪式，参加的人多为当地妇女，她们手舞足蹈，让自己在迷狂的状态中与酒神亲近。下面所选的唱词表现的正是祭祀仪式的热烈场面。

一

谁在那里，
谁走在路上？
谁在那里，
谁留在街中？
回去，
回到，各自的家里，
任谁也别，
也别开腔；
管住你们的舌头；
噢哟，别再
絮絮叨叨，
马上，
我就用

第三章 诗 歌 篇

激昂演讲的调子
向狄奥尼索斯献歌。

哈,快活呀,快活呀,
前生注定
要来参加神圣的
山中祭拜仪式的诸位哟;
哈,有福呀,有福呀,
找寻山林女神
众神之母西布莉①的灵魂哟,
神母高擎
常春藤缠绕的酒神杖②,
等候着
狄奥尼索斯。

巴克斯的信徒们,
快,
赶快,
祈求他,把他请出
弗里吉亚的山巅,

---

① 西布莉(Cybele)是希腊以东的弗里吉亚王国(Phrygia)信奉的大地女神,弗里吉亚和下文中的吕底亚(Lydia)在现今土耳其境内,都曾是酒神崇拜兴盛的地方。
② 酒神所执的顶端为松果的手杖。

（主神的亲生子）
请回道路宽广的
希腊
圣城。

二

啊，底比斯，
西姆莱的生养地，
加冕，
为自己加冕，
用松枝，
常春藤
和开花的牛尾菜
那亮丽的
果实；
底比斯，
用橡树叶为自己加冕吧，
来跳舞，
跳舞，
跳舞，
狂舞一曲；
用羊毛
绑上鹿皮，
高筑

第三章 诗 歌 篇

神圣的前廊,
起舞,直到大地舞动;
当布若米奥斯①
从山下
到高远的峰峦
挥令
他威严崇高的祭司,
大地必将舞动,
(妇女们放下
纺线杆,
不再纺布)
巴克斯
令我们癫狂,
癫狂,
癫狂。

三

啊,美妙啊,在山头
穿着农牧神②的皮毛跳舞,
直跳到昏厥倒地,
敲响神圣的舞拍,
直到委身在地

---

① 布若米奥斯(Bromios),Bacchus 的别名。
② 希腊神话中半人半羊的神灵。

筋疲力尽；
啊，美妙啊，飞奔
向前，然后，
去到弗里吉亚的山巅，
品尝神秘的圣羊肉；
啊，这是多么的美妙，
啊，美妙啊
布若米奥斯居住的吕底亚群山；
哟嗬，
布若米奥斯引领我们
高擎神仗，
他自己
竟好似松树火炬，
他自己就是烈焰与火光
他亲自
高呼，
向前，
向前，
向前；
田野滴淌
蜜汁，
美酒，
跟白乳；
火炬散发烟香；

第三章 诗 歌 篇

向前，
向前，
巴克斯、布若米奥斯高呼，
惊醒游荡的兽群，
喊声欢快令它们迷醉，
光彩照人的头发披散；
他吟诵，
他呼喊，
噢，噢，奔向前
像金色笼罩的特摩罗山①
熠熠生辉
巴克斯的信徒们，
敲响深沉的鼓声，
和着弗里吉亚的吟咏，
唱呀，伊维俄斯
圣洁的长笛为你伴奏，
歌声迷人美妙。
鼓动，
鼓动我们狂舞
从山下
跳到高远的山峰；

那就听他唱吧，

---

① 吕底亚王国境内的高山。

巴克斯的信徒们,
雀跃而出,
像那草场上
围绕母马脚边的
野马驹,
信徒们敲响
癫狂的舞拍。

Chorus from *The Bacchae*

I

Who is there,
who is there in the road?
who is there,
who is there in the street?
back,
back, each to his house,
let no one,
no one speak;
chasten your tongues;
O cease
from murmuring,
for swift,
I cry with every note

第三章 诗 歌 篇

of concentrated speech
my song to Dionysos.

O happy, happy each
man whom predestined fate
leads to the holy rite
of hill and mountain worship;
O blessed, blessed spirit
who seeks the mountain goddess,
Cybele mother-spirit,
who carrying aloft
the thyrsus, ivy-wrapt,
waits upon
Dionysos.

Bacchantes,
swift,
be swift,
invoke and draw him back
from Phrygian mountain-peaks,
(God's son whom God begot)
back to the broad-paved
sacred towns
of Greece.

解读西尔达·杜丽特尔

II

O Thebes,
Semele's nurse,
crown,
crown yourself
with pine branch,
with ivy
and the bright
fruit
of the flowering smilax;
Thebes,
crown yourself with oak leaf
and dance,
dance,
dance,
ecstatic;
bind with wool
to the deer pelt,
lift high
the sacred narthex,
and dance until the earth dance;
the earth must dance
when Bromios
conducts

his sacred high priests
from hill
to distant hill peak,
(those women the distaff
no longer claims
nor spun cloth)
driven mad,
mad,
mad
by Bacchus.

III

Ah, it is sweet on the hills,
to dance in sacred faun-pelt,
to dance until one falls faint,
to beat the sacred dance-beat
until one drops down
worn out;
ah, it is sweet to rush
on, then,
to Phrygian hill-peaks,
to taste the sacred raw flesh
of mystic sacred goat-meat;
ah, it is sweet,

ah, sweet
the Lydian hills with Bromios;
Evoe,
Bromios leads us
bearing aloft the narthex,
himself
even as the pine-torch,
himself the flame and torch-light,
cries,
on,
on,
on;
the fields drip
honey
and wine
and white milk;
the torches smell of incense;
on,
on,
cries Bacchus, Bromios,
rousing the wandering wild pack,
enchanting them with glad shouts,
tossing his glorious hair loose;
he chants,

第三章 诗 歌 篇

he cries,
O, O forth
golden
as gold-decked Tmolos
Bacchantes,
beat deep drum-note,
with Phrygian chant,
sing Evius
with Sacred flute
and sweet note,
incite,
incite our wild dance
from hill
to distant hill-peak;

so hearing him,
Bacchantes,
leap out
and as the wild-colt
at meadow,
round its mare's feet,
they beat
ecstatic dance-beat.

解读西尔达·杜丽特尔

《赫卡柏》里的合唱词

　　《赫卡柏》(*Hecuba*) 是欧里庇得斯的一出著名悲剧，讲述了特洛伊王国陷落后，丧夫失子的特洛伊王后赫卡柏和女儿被流放为奴。在途中，她的女儿被希腊人杀死以祭祀战死的希腊首领阿克里斯。之后，她又得知被寄养在朋友处的小儿子也被背信弃义的朋友杀死。悲痛欲绝的赫卡柏最后用计刺瞎了朋友的眼睛，为子复仇。所选的这段唱词表现了赫卡柏流亡海上，不知身归何处的凄凉心境。

> 海风，
> 哦，何处呀，
> 何处，
> 穿越海水和浪花，
> 你要带
> 悲痛的我
> 去何处？
> 何处呀，
> 我将被带到何处
> 卖身成奴？
> 是塞萨利吗？
> 我将在河神开辟的，
> 水道密布的
> 河边流浪？

第三章 诗 歌 篇

还是卖到多利斯的某个海市?
哦,风呀,
风呀,
向我转身,
你急驰在
海船身旁,
奔腾在
轰鸣的浪尖,
跟我说说话,
海风,
且听着;
何处,
何处是希腊的土地,
你要带
被放逐的我
去哪个港湾,
遭遇不幸?

海风,
哦,何处呀,
何处,
何处,
穿越海水和浪花,
你要带
悲痛的我

去何处?
风,
海风,
莫非要带我去那里?
那儿有月桂和棕榈,
花开在奇妙的叶里,
凛然护卫
美貌的勒托①诞下
高贵宙斯的
双生子。
风呀,
风呀,
莫非我要在
棕榈和月桂叶
飘散没药香的地方
老去;
莫非我要
跟随少女,踩着固定的舞步,
在癫狂中歌咏
吟诵
女神②的金矢,
金弓

---

① 孪生兄妹太阳神阿波罗和狩猎女神阿尔忒弥斯的生母,在希腊的得洛斯岛生下他们。
② 指狩猎女神阿尔忒弥斯。

和头饰？
风呀，
风呀，
风呀，
莫非
横扫海波的
船桨
将划向
得洛斯？

海风，
哦，何处呀，
何处，
穿越海水和浪花，
你要带
悲痛的我
去何处？
近些也罢，
远些也罢，
莫非我会被人买去，
发现
梭子，
衣针，
机杼
成为我的命运？

莫非我注定
要去遥远的帕拉斯①
的宫廷?
什么样
番红花色的红丝,
我会用来
穿针走线
直到
描绘
那永世神伟的克罗诺斯之子,
神伟宙斯的
图案显现?
莫非我要刺绣
绣出
巨神腾空,
火球霹雳,
雅典娜那套好的战车?

风呀,
风呀,
我在此伫立,
风呀,

---

① 帕拉斯(Pallas)是智慧女神雅典娜的名字。"the court of Pallas"指的是希腊雅典。

第三章 诗 歌 篇

风呀,
伫立在生年之尽;
海门①朝着死神弃我而去;
欢爱离开了,
光明离开了
我的家庭;
我面朝欧罗巴,
从亚细亚
这沦丧之地;
风呀
风呀
风呀
是不是最好
和雄伟的亚细亚
一同死去?
风呀
风呀
风呀
是不是应该
抛舍我的孩子,我的家园,
我的臣民(难逃一死的臣民)
在远方

---

① 婚姻之神。

汹涌的波涛上
流浪?

海风,
哦,何处呀,
何处,
穿越海水和浪花,
你要带
悲痛的我
去何处?
近些也罢,
远些也罢,
我哭号;
我迷失了方向,
生不如死
无论
为帕拉斯飞梭走线,
还是歌颂
狩猎女神,
我盛年的花朵
已随我的父辈,
我的孩子,
和我的家园一起,
破损,

第三章 诗 歌 篇

凋残,
飘逝;
风呀,
风呀,
希腊的利剑
和火炬下
我们走到了尽头。

Sea-Chorus from *Hecuba*

Wind of the sea,
O where,
where,
where
through the salt and spray,
do you bear me,
in misery?
where,
where,
shall I be brought,
bought as a slave
for what house,
shall it be Thessaly?
shall I wander along the creeks
where Apidanus breaks

myriad water-ways,
or sold to some Doric sea-mart?
O wind,
wind,
turn to me,
you who are swift to pace
beside the deep-sea ships,
who are swift to race
from crest to thundering sea-crest,
speak to me,
sea-wind,
hear;
where,
where is the land of the Greek,
do you take me,
to what seaport,
exiled,
unfortunate?

Wind of the sea,
O where,
where,
where,
where,

through the salt and spray,
do you bear me
in misery?
wind,
sea-wind,
shall it be
where first the bay and palm-tree
blossomed in mystic leaf,
sacrosanct to protect
fair Leto for the birth,
twin-born,
begot of High Zeus?
wind,
wind,
shall I grow old
where the palm-trees still unfold
myrrh of leaf
and the laurel-tree;
shall I sing,
chant in ecstasy,
with maiden, in the set dance,
gold arrows of the goddess,
her gold bow
and her head-dress?

解读西尔达·杜丽特尔

wind,
wind,
wind,
shall it be
that the sea-oars,
sweeping the sea,
take the roadway
to Delos?

Wind of the sea,
O where,
where,
where,
through the salt and spray,
do you bear me
in misery?
or nearer,
or further,
shall I be claimed by another
and find
the shuttle,
the needle,
the loom
my fate?

第三章 诗 歌 篇

am I doomed
to the court
of far Pallas?
what thread,
glowing crocus and red,
shall I thread
upon multiple thread,
till the pattern unfold
to depict
great Zeus,
son of ever-great Cronos?
shall I prick
out
the flight of the giants,
the fire-bolt,
Athena's yoked chariot?

Wind,
wind,
here I stand,
wind,
wind,
at an end;
Hymen has left me for Death;

解读西尔达·杜丽特尔

love passes,
light passes
my hearth;
I face Europe
from Asia,
this lost land;
wind,
wind,
wind,
were it best
to die
in great Asia's death?
wind,
wind,
wind,
were it wise
to leave my children, my home,
my people (death's people)
to roam
afar
on the gathering wave-crest?

Wind of the sea,
O where,

第三章 诗 歌 篇

where,
where,
through the salt and spray
do you bear me
in misery?
or further,
or nearer,
I cry;
I am lost,
I am dead
whether I
thread the shuttle for Pallas
or praise
the huntress,
the flower of my days
is stricken,
is broken,
is gone
with my fathers,
my child
and my home;
wind,
wind,
we have found an end

in the sword of the Greek

and his fire-brand.

《伊翁》里的合唱词

《伊翁》(*Ion*)是欧里庇得斯的又一部力作。雅典王后被太阳神阿波罗强占后,生下了遗腹子伊翁,并把他弃置山头。太阳神神庙里的女祭司发现伊翁后,收养了他。伊翁长大后在神庙里担任祭司的仆从。雅典国王和王后多年来一直无子,最后到神庙里求神谕。他们与伊翁在神庙里相见,随后展开了一段母子相认的故事。下面的唱词描述了伊翁在清扫神庙时,为了庙堂和神像不受玷污,规劝鸟雀飞离,以免遭他射杀的情景。

　　帕纳塞斯山①上的鸟儿们,
　　飞快地
　　你们冲出了
　　最巍峨的群峰;
　　你们盘旋,俯冲
　　你们晃动,栖息在
　　镏金的飞檐上,无所畏惧;
　　你这雄鹰,
　　神灵英武的使节,
　　在飞途中,

---

①　位于希腊特尔斐城(Delphi)的一座高山,传说是太阳神阿波罗和九位缪斯女神的栖息地。

第三章 诗 歌 篇

撕扯,攻击鸣禽,
我的箭矢朝你呼啸而去,
快快
飞离;

啊,飘舞,
啊,飘舞
那样柔曼,那样轻盈,
你的赤足如此灵巧
助你翩然飞舞
飞落街衢,
天鹅呀,天鹅
你当真以为
你那与太阳神琴声相谐的
歌声
能护佑你免遭
箭矢的飞袭?
回转去,
回到
得洛斯岛的湖水里;

为免所有的乐符
中止、停息
溅血的咽喉里

解读西尔达·杜丽特尔

歌声沉寂,
回转去,
趁为时尚早,
回到
波浪翻滚的得洛斯岛。

哎哟,竟还有一只,
什么?
你胆敢把卑微的窠巢
筑在飞檐?
唱响,唱响
我的弓弦,
告诉那只为了幼雏,
竟把屋宇搭在
神庙的贼鸟,
河神依旧
甜言蜜语
引诱
小鸟飞来此地,
伊斯特摩斯地峡依旧
与森林争辉;
洁白的塑像上
岂容发现
一支麦秸,

第三章 诗 歌 篇

一根鸟羽，
太阳神定要他的庙门亮堂；
可是，鸟儿们呀，
虽然我这劳作
从不改变，
虽然我这任务明确无误，
虽然我应将你们杀戮，
但我，身为神的仆役，
从这里获取
食物跟生计，
清扫着庙宇，
仍要起誓
誓将你们挽救，
鸟儿们，精灵们，
歌声生出双翼
向世人传达神旨。

依旧，
河神依旧清音朦胧
引诱群鸟
飞到水边，
啊，伊斯特摩斯地峡中依旧
山花烂漫；
为了不让所有的乐符

中止、停息
溅血的咽喉里
歌声沉寂,
回转去,
趁为时尚早,
回到
波涛滚滚的得洛斯岛去。

The Bird-Chorus from *Ion*

Birds from Parnassus,
swift
you dart
from the loftiest peaks;
you hover, dip,
you sway and perch
undaunted on the gold-set cornice;
you eagle,
god's majestic legate,
who tear, who strike
song-birds in mid-flight,
my arrow whistles toward you,
swift
be off;

ah drift,
ah drift
so soft, so light,
your scarlet foot so deftly placed
to waft you neatly
to the pavement,
swan, swan
and do you really think
your song
that tunes the harp of Helios,
will save you
from the arrow-flight?
turn back,
back
to the lake of Delos;

lest all the song notes
pause and break
across a blood-stained throat
gone songless,
turn back,
back
ere it be too late,
to wave-swept Delos.

解读西尔达·杜丽特尔

Alas, and still another,
what?
you'd place your mean nest
in the cornice?
sing, sing
my arrow-string,
tell to the thief
that plaits its house
for fledglings
in the god's own house,
that still the Alpheus
whispers sweet
to lure
the birdlets to the place,
that still the Isthmus
shines with forests;
on the white statues
must be found
no straw nor litter
of bird-down,
Phoebus must have his portal fair;
and yet, O birds,
though this my labour
is set,

第三章 诗 歌 篇

though this my task is clear,
though I must slay you,
I, god's servant,
I who take here
my bread and life
and sweep the temple,
still I swear
that I would save you,
birds or spirits,
winged songs
and tell to men god's will;

still, still
the Alpheus whispers clear
to lure the bird-folk
to its waters,
ah still
the Isthmus
blossoms fair;
lest all the song notes
pause and break
across a blood-stained throat
gone songless,
turn back,

> back
>
> ere it be too late,
>
> to wave-swept Delos.

4. 玫瑰之歌

在西方世界，玫瑰一直都是爱情的象征，"玫瑰之歌"自然是 H. D. 的一组情诗。H. D. 诗里的玫瑰有两种颜色——红色和白色。红玫瑰是靓丽娇艳的情人，带给人世俗的情欲。激情的渴望来势汹汹，却往往浅薄短暂，会带来无尽的痛苦和死亡的伤悲。白玫瑰则充满智慧，美丽高贵，有"海上玫瑰"的刚强和孤傲。她那"白色爱情"(white love)燃烧出的"白色火焰"(white fire)，代表了超越世俗情爱的精神之恋，是彼此灵魂的契合和智慧的辉映；白色火焰的光芒是圣洁恒久的，不会飘忽不定，骤然熄灭。另外，"白色爱情"也可能暗含了同性之爱的意味。H. D. 有着同性恋的倾向。在婚前，她与一名女子之间有过一段浓烈短暂的亲密关系，发生婚变之后，另一名倾慕她才学的女子走进她的生活，在她最虚弱的时候给予支持和帮助，两人的情谊保持终生。其实，在具有独立意识的现代女作家中，同性恋者或有同性恋倾向的人并不鲜见。对她们来说，比起异性之爱，同性之爱更能超越肉体的欲望，达到精神层面的交流，而选择与亲密女伴共同生活也是她们在行为上和思想上摆脱男性的影响和控制，向男性权威提出挑战的一种手段。不过，H. D. 对这两种爱情的态度并不是泾渭分明的，诗中的"我"既向往白色的精神之恋，又很难超脱红色的狂热激情，两种爱情纠结缠绕。主人公在强烈的幸福和巨大的痛苦中

第三章 诗 歌 篇

犹豫徘徊。H. D. 刚烈的诗风赋予这组情诗强大的张力和冲击力,完美地表现了诗中的"我"深陷情感冲突和心灵挣扎的痛苦处境。

断章 36

"我不知如何是好:
我的心已被撕裂。"
　　　　——萨福①

我不知如何是好,
我的心裂了开来:
是歌的礼物最美好?
是爱的馈赠最迷人?
我不知如何是好,
此刻睡眠正
压住你的眼睑。

我可否惊扰你的休歇,
迫不及待,满怀企切?

---

① 萨福(约公元前 630—前 570 年),古希腊著名抒情女诗人,被誉为"第十位缪斯"。她写有许多情诗,其中最著名的两首都为同一名少女而作,因此她一直被视为有同性恋倾向,她所居住的 Lesbos 岛随之成为女同性恋者"lesbian"一词的词根。萨福一生的诗作大多散失,留存下来的多是片断的诗行。本书所选的三首"断章"是 H. D. 对萨福断句的发挥。

解读西尔达·杜丽特尔

是爱的馈赠最美好？
不，是歌的礼物最迷人：
可若失去了你，
我还能从歌里听到
怎样的激情？
哪还有歌可唱？

我不知如何是好：
转来满足
燃烧的欲火
以我火热的喘息
搅扰你冰凉的呼吸？
那，我是否该转来
拥雪①入怀？
（是爱的馈赠最美好？）
可是片片白雪
却令人难受，
你不正疑惑不解地躺着，
还在半睡半醒之间。

是否我该转来，把令人难受的
白雪揽入怀中？

---

① 雪在这里用来象征少女的冰清玉洁。

是否该把唇盖在
毫无反应的唇上，
把唇盖在
无动于衷的身上？

是爱的馈赠最美好？
我是否该转来，去满足
所有狂恣的欲求？
啊，我渴望着你！
你像山林女仙
在清波中晶莹闪烁
我是否该得到你？

我的心快被撕裂，
两种心思游移不定，
势均力敌，
我不知如何是好：
心思激烈地搏斗，
像一对白人摔跤手
赛前对峙，
随时要翻身擒拿，
身体却始终纹丝不动；
我的心思就这样
与我的心思较量，

然而我却静卧,
看似安然。

我不知如何是好:
一声声乐音,
一阵阵声响
令我思绪麻木;
好比一朵欲坠的浪花
却(在坠落之前)
仍有风
吹过浪尖,
扬起片片白沫,
腾空而起,
似将疾驰、沸腾
劈斩光明,
我的心思就这样
犹疑不定地,
倾听歌里的欣喜。

我不知如何是好:
歌声会否
划破夜空,
撕裂玫瑰,
震散光明?

第三章 诗 歌 篇

Fragment 36

I know not what to do:
My mind is divided.
　　　　　—Sappho

I know not what to do,
my mind is reft:
is song's gift best?
Is love's gift loveliest?
I know not what to do,
now sleep has pressed
weight on your eyelids.

Shall I break your rest,
devouring, eager?
is love's gift best?
nay, song's the loveliest:
yet were you lost,
what rapture
could I take from song?
What song were left?

I know not what to do:

to turn and slake
the rage that burns,
with my breath burn
and trouble your cool breath?
so shall I turn and take
snow in my arms?
(is love's gift best?)
yet flake on flake
of snow were comfortless,
did you lie wondering,
wakened yet unawake.

Shall I turn and take
comfortless snow within my arms?
press lips to lips
that answer not,
press lips to flesh
that shudders not nor breaks?

Is love's gift best?
shall I turn and slake
all the wild longing?
O I am eager for you!
as the Pleiads shake
white light in whiter water

第三章 诗 歌 篇

so shall I take you?

My mind is quite divided,
my minds hesitate,
so perfect matched,
I know not what to do:
each strives with each
as two white wrestlers
standing for a match,
ready to turn and clutch
yet never shake muscle nor nerve nor tendon;
so my mind waits
to grapple with my mind,
yet I lie quiet,
I would seem at rest.

I know not what to do:
strain upon strain,
sound surging upon sound
makes my brain blind;
as a wave-line may wait to fall
yet (waiting for its falling)
still the wind may take
from off its crest,
white flake on flake of foam,

that rises,
seeming to dart and pulse
and rend the light,
so my mind hesitates
above my mind,
listening to song's delight.

I know not what to do:
will the sound break,
rending the night
with rift on rift of rose
and scattered light?

断章 68①

"……即使在冥府里。"
　　　　　——萨福

我妒忌你有赴死的机会,
为此我多么妒忌你。
我觊觎他②的光临
竟胜过盼求你的瞥视,

---

① 原诗共三个小节,这里收录的是第一小节。
② 指死神。

第三章 诗 歌 篇

我更渴望他的出现
就算他踩躏我于股掌之间,
恐怖,惨烈。

就算他的紧抱
违背我的心意,
就算他用计把我折磨,
毫不费劲,但浑身是力地
在最野蛮的搏斗中
将我屠戮,
我还是,多么妒忌你的机会。

就算他刺痛我——不可一世地——
钢铁——发热——尘土——
就算我毁灭之际
容颜尽失,
我仍然妒忌你的死亡。

美丽与我有何意义?
她难道伤我不够,
难道在爱情、
生育、仇恨的痛苦里,
在崩溃的骄傲里,
我没哭泣?

从此以后，何物存留？
在你拥抱之后，
我还留下什么任死神夺走？
你的触摸，
你的肢体更可怕地
伤害了我。

还有什么你没做的事
死神能用来戕害我？

Fragment 68

. . . even in the house of Hades.
　　　　　　　　—Sappho

I

I envy you your chance of death,
how I envy you this.
I am more covetous of him
even than of your glance,
I wish more from his presence
though he torture me in a grasp,
terrible, intense.

Though he clasp me in an embrace

that is set against my will
and rack me with his measure,
effortless yet full of strength,
and slay me
in that most horrible contest,
still, how I envy you your chance.

Though he pierce me—imperious—
iron—fever—dust—
though beauty is slain
when I perish,
I envy your death.

What is beauty to me?
has she not slain me enough,
have I not cried in agony of love,
birth, hate,
in pride crushed?

What is left after this?
what can death loose in me
after your embrace?
your touch,
your limbs are more terrible

to do me hurt.

What can death mar in me
that you have not?

断章 113

"我不爱蜜汁,也不爱蜜蜂。"①

——萨福

不爱蜜汁,
不爱蜜蜂的洗劫,
无论它来自草地、沙地的花丛,
或是山中的荆棘林;
无论它来自冬日的花间,
或是天暖后生出的幼芽:
不爱蜜汁,不爱甘甜
在唇齿上留下的斑迹:
不爱蜜汁,不爱柔软腹部
那深深的蛰刺,
不爱金黄色
沾满花粉的脚;

---

① 在传统诗歌里,蜜蜂吮吸花蜜暗示着男女的性爱,甘甜的蜜汁象征世俗的甜美爱情,因此这首诗明显带有同性恋意识。

第三章 诗 歌 篇

不爱这些——
尽管热情蒙蔽了我的双目,
寒冷阴暗的欲望
锁住了我的口舌,

不爱蜜汁,不爱南方,
不爱红色并蒂莲
高高的花茎,
不爱果树交错的
轻柔枝条;

不爱蜜汁,不爱南方;
啊,紫色的鸢尾花,
白色的鸢尾花,
鸢尾花呀,令青草焦枯——
为那骄阳之火①
积聚恁般热力,扫除了阴影,
穿透
黄色鸢尾的花瓣。

不爱鸢尾——曾经的爱欲——曾经的激情——
曾经的忘却——曾经的伤痛——

---

① 太阳往往是男性的象征。

不爱这花，不爱任何花，
但是若你重又转身，
你要寻求拥抱和呼唤中的力量，
寻求神圣的触摸；
忽略那琴音，
当知在那琴框四周，
你不是感受
琴弦的微颤，
而是如硬骨、洁白的坚壳，
与滚烫的炼钢般
更炽烈的热度。

Fragment 113

Neither honey nor bee for me.
—Sappho

Not honey,
not the plunder of the bee
from meadow or sand-flower
or mountain bush;
from winter-flower or shoot
born of the later heat:
not honey, not the sweet
stain on the lips and teeth:

not honey, not the deep
plunge of soft belly
and the clinging of the gold-edged
pollen-dusted feet;

not so—
though rapture blind my eyes,
and hunger crisp
dark and inert my mouth,

not honey, not the south,
not the tall stalk
of red twin-lilies,
not light branch of fruit tree
caught in flexible light branch;

not honey, not the south;
ah flower of purple iris,
flower of white,
or of the iris, withering the grass—
for fleck of the sun's fire,
gathers such heat and power, that shadow-print is light,
cast through the petals
of the yellow iris flower;

not iris—old desire—old passion—
old forgetfulness—old pain—
not this, nor any flower,
but if you turn again,
seek strength of arm and throat,
touch as the god;
neglect the lyre-note;
knowing that you shall feel,
about the frame,
no trembling of the string
but heat, more passionate
of bone and the white shell
and fiery tempered steel.

塞浦路斯之歌①

一

为了节日，收集
鲜艳的野草和紫色的贝壳；
在圣洁的沙滩上，像她那样

---

① 在古希腊神话里，塞浦路斯岛是美神阿芙洛蒂特的诞生地，据说她从当地海水的贝壳中出生，出来时就已是美丽动人的模样。塞浦路斯因而成为祭拜阿芙洛蒂特的圣岛。原诗共六个诗节，这里所选的是前三小节。

第三章 诗 歌 篇

摆出图案,
用玫瑰色的脚踵,她踏出
一首乐曲
婉转动听;

那样的曲子我们哼唱
在玫瑰和桃金娘①丛中,
玫瑰和桃金娘垂落
(花瓣似贝壳,贝壳似玫瑰),
在如此神圣的沙滩上;
啊,这歌声
美妙悠扬;

给我白色和红色的玫瑰;
在橘子林的空地上,为我找寻
那沉甸甸的,珍贵的柑橘;
把金橘撒播在她的脚前;
啊,编织起橘树的花儿;
向美丽的
女神欢呼。

---

① 和玫瑰一样,桃金娘树也是西方传统文学中爱情的象征物。古希腊人把桃金娘树当作美神的圣树,在婚礼上,新娘会头戴用桃金娘的枝叶编成的花冠。在不少爱情诗歌里,桃金娘丛林(myrtle grove)是情人幽会的场所。

解读西尔达·杜丽特尔

二

白玫瑰,噢,洁白
洁白的玫瑰,澄净如蜜,
再一次告诉我,
告诉我她的耳语;

红玫瑰,噢,如美酒,
香得,噢,香得清雅,
长着樱草似的斑纹,
你的爱火如何,如何

不同于那洁白的玫瑰?
匆匆地,匆匆地,噢,爱神的宝贝①,
岔开,重合,岔开——然后
玫瑰,换上没有缝隙的白色。

三

带上花瓣凹陷的水仙②,
拿起细长的银棒
在爱神的龛前,投掷她们;

---

① 指红玫瑰燃烧的爱火。
② 水仙花,开在冥府前的山谷里。

第三章 诗 歌 篇

看那洁白的花朵变得绯红,
冥河之旁故人轻叹,
那儿有她们的芳香,

忘河①岸上玫瑰开放,
所有的银棒
被绷成弓箭,

爱神用它们迎战仇敌
(朋友,留神他的飞箭)
爱神用它们迎战仇敌。

Songs from Cyprus

I

Gather for festival,
bright weed and purple shell;
make, on the holy sand,
pattern as one might make
who tread, with rose-red heel,
a measure

---

① 忘河,冥府前的一条河,死去的人来到冥府之前饮用此河里的水,遂将一切前生往事遗忘。

pleasureful;

such as those songs we made
in rose and myrtleshade,
where rose and myrtle fell
(shell-petal or rose-shell),
on just such holy sand;
ah, the song
musical;

give me white rose and red;
find me, in citron glade,
citron of precious weight;
spread gold before her feet;
ah, weave the citron flower;
hail goddess,
beautiful.

II

White rose, O white
white rose and honey-coloured,
tell me again,
tell me the thing she whispered;

red rose, O wine,

第三章 诗 歌 篇

fragrant, O subtly flavoured,
cyclamen stain,
how, how has your fire differed

from rose so white?
swift, swift, O Eros-favoured,
part, meet, part—then
rose, be rose-white, unsevered.

III

Bring fluted asphodel,
take strip and bar of silver,
fling them before Love's shrine;

see the white flowers turn red,
fragrance whereof the dead
breathe faintly by the river,

by Lethe's bank are rose,
and all the silver bars
shape to taut bows and arrows,

wherewith Love fronts his foes,
(ah, friend, beware his quiver)
wherewith Love fronts his foes.

解读西尔达·杜丽特尔

白玫瑰

白玫瑰,
白玫瑰,
白玫瑰
你嘲笑
茉莉
和百合的神采,
嘲笑艳紫消褪的
紫罗兰的
微颤,
(白咔咔的紫罗兰,
你哪里是花)
白玫瑰
你饱经风霜,
令春色赧颜。

(啊,听他①唱,
听他唱,
听他唱,
让他歌唱!)

---

① 指爱神爱洛斯。

第三章 诗 歌 篇

白玫瑰
你的智慧并不复杂,
发现你很美,我们就须伤悲?
白玫瑰,
白玫瑰,
且小心,
你美则美矣
但不至,不至美得那么罕有,
不至美得那么丰富,
能让你
有时间
嫌恶
爱神;
一旦爱神逃离,
哪有时间悔恨。

(瞧,春光已去,
唉,哀哭,唉,徒劳地哀哭,
因知春时已尽,
爱神再度
亲吻了
芳唇,
青春的芳唇!)

解读西尔达·杜丽特尔

White Rose

White rose,
white rose,
white rose
that mocked the fire
of jasmine
and of lily
and of faint
pulse of the violet,
drained of purple fire,
(white violet,
you are no flower at all)
white rose
you are a stricken weary thing,
shaming the spring.

(*ah hear him,*
hear him,
hear him,
let him sing!)

white rose

第三章　诗　歌　篇

your wisdom is a simple thing,

and must we grieve who found you very fair?

white rose,

white rose,

beware,

beauty is beauty

but not, not so rare

and not so bountiful

that it may spare

a moment

to revile

Love;

a moment to repent

once Love is fled.

(see spring is gone,

ah wail, ah wail in vain,

for spring is dead,

Love having kissed the mouth,

the mouth

of youth

again!)

第四章

散 文 篇

1.《让我活下去》

《让我活下去》(Bid Me to Live)，原名《抒情曲》(Madrigal)，是 H. D. 的一部自传体小说。"让我活下去"，原是英国玄学派诗人罗伯特·赫里克(Robert Herrick)抒情诗《致安西亚》(To Anthea)的首句，H. D. 将该诗收录在小说的扉页中。此小说写于 1927 年，但几经改写，直到 1960 年才首次出版。书中记录了一群年轻的文学家和艺术家在第一次世界大战中的人生经历和情感纠葛。和她的诸多其他小说一样，H. D. 以自己的真实生活为蓝本，书中的人物均采用化名，不过熟悉 H. D. 生平的人不难看出他们各自对应的真实名字：女主人公朱莉亚·阿什顿(Julia Ashton)是 H. D 自己；拉夫·阿什顿(Rafe Ashton)是她丈夫英国诗人理查德·奥尔丁顿(Richard Aldington)；韦恩(Vane)是她女儿的生父塞西尔·格雷(Cecil Gray)；而里克(Rico)是 D. H. 劳伦斯。第一次世界大战时期，H. D. 生活在兵燹连绵的伦敦。在那里，她经历了人生中一连

第四章 散 文 篇

串的重大挫折——丈夫参军后的疏离和背叛，孩子的流产，兄弟的战死，父亲的辞世。在家愁国难的摧残下，她一度病弱不堪，濒临死亡。与此同时，她的情感世界也纠结不清。丈夫与她疏远后，她和在伦敦避难的 D. H. 劳伦斯相遇，产生了一段炽烈却短暂的感情；随后又接受音乐人赛西尔·格雷的帮助，离开了伦敦，在康沃尔与他同居，生下了女儿，但她最终还是与格雷分道扬镳。和许多同时代的人一样，这场战争不仅摧毁了外部的物质世界，也使人的精神世界饱受摧残。死亡与重生是那一时代的共同主题。小说采用现代主义意识流的手法，将现实与记忆穿插交融，梦幻般地再现了 H. D. 青年时代一段刻骨铭心的情感经历。悲歌一曲唱离情，文中短小有力的句式，不断再现的、具有高度象征性的意象和场景，以及心理幻境和真实情景的相互交融都体现了 H. D. 的文学风格。这里选取的几个章节重在表现女主人公的三段情感经历，其中她与里克的一段交往是书中最重要的部分，暗示了 H. D. 对 D. H. 劳伦斯深深的尊敬和永远的怀念。为体现故事的完整性，在所选章节中，编者删去了部分段落和语句。

致安西亚

罗伯特·赫里克

让我活下去，我就活着
成为你的教徒：
要么让我爱，我就交给你
一颗挚爱之心……

让我流泪,我就流泪,
趁我的双眼还能看清:
即使失去眼睛,我仍要保留一颗心
去为你流泪。

让我绝望,我就绝望,
在那柏树之下:
要么让我死掉,我会不惧死神,
为你赴死。

你,是我命、我爱、我心,
是我那一双眼睛:
控制我的每个部分,
因你而生,为你而死。

TO ANTHEA

Robert Herrick

Bid me to live, and I will live
Thy Protestant to be:
Or bid me love, and I will give
A loving heart to thee...

Bid me to weep, and I will weep,
While I have eyes to see:

第四章 散 文 篇

And having none, yet I will keep
A heart to weep for thee.

Bid me despair, and I'll despair,
Under that cypress tree:
Or bid me die, and I will dare
E'en Death, to die for thee.

Thou art my life, my love, my heart,
The very eyes of me:
And hast command of every part,
To live and die for thee.

一

他们没有准确地前行，他们是混乱的一群。受害者，受到伤害也伤害他人。用长镜头看的话，或许受害的反而是冷酷的加害者。他们逃脱了；那粗暴的、迷失的一代并不是说他们。他们（正当二十来岁或三十出头）扎根在过去的时代。他们发出共鸣，语声回荡，不曾淹没在拖声拖气的警笛声里。如果说贝拉是以后电影或舞台剧里的某类角色，或许贝拉比她们更超前、更时尚，更有自我毁灭的决心；这并不是因为贝拉是属于那迷失的．迷失的一代人，而仅仅是由于贝拉生来就注定要自我毁灭。不管生于哪个年代，她就像中世纪神奇剧里丢了魂的妓女，而朱莉亚简直就是神奇剧里的某个修女，瘦弱不堪，充满智慧。不过，贝拉不是妓女，朱莉亚也不是圣人。当拉夫·阿什顿对朱莉亚说"我献给她头脑，献给你身体"的时候，他太抬高自己的能力了。

他们狂放随性抑或是谨慎内敛？他们不谈论这些问题。是啊，战时的知识分子在茶馆和 Soho① 的咖啡馆里匆匆谈论的是俄狄浦斯，而不是维米和卢斯②。他们是经历战争的一代，不是迷失的一代，然而事实上，天命注定，他们都要倒在战神马尔斯的巨大摧残之下，不仅是受了伤，失了血色，更是遭到了重创，奄奄一息，身心俱焚。

是啊，他们被推来挤去，像是凶险棋局里厮杀的兵卒；从外面看，他们或住在偏僻的农舍里，或在肯星顿的一间小屋里，在汉姆斯台德的两间房子里，在布鲁斯贝瑞的宽敞起居室里。某某人认识的某个人有间农舍，弗里德里克，你想要吗？好像只有她，朱莉亚，或他，拉夫，或在贝拉还没扔弃巴黎画室时就认识她母亲的某个人，才有这样的特权——他们都是有钱人啊。去住那某某人的农舍吧，他们有座农舍，我看一定是供应食宿的那种，现在是空着的，房主让我和拉夫在他去法国前住过去，还做了像模像样的介绍，银托盘上摆着参观卡的那种。弗里德里克是个人物，已经是个大大的人物了。可是那些有房子、能提供食宿的美国人，却在回话中委婉而坚决地问，弗里德里克太太是不是德国人？③ 他们当然忘记艾尔沙是德国人的事儿了。那些一心想结识与她、拉夫和摩根有好交情的人们在他脸上给了一记耳光，是打在脸上的一记耳光。就这样，

---

① 伦敦一著名的街区。
② 维米和卢斯（Vimy and Loos），法国北部地名，均为第一次世界大战战役所在地。
③ 弗里德里克暗指英国作家 D. H. 劳伦斯，他与导师的德国妻子相爱，后私奔，在英国短暂居住过一段时间。

第四章 散 文 篇

脸上的一记耳光,让我们记住艾尔沙是德国人。

你愿意吗?不愿意吗?愿意?不愿意?愿意?贝拉在她的画室里和一群在战争中打了蔫儿的少数分子(或者说多数分子)纵情逗乐。"我有不少情人。"她坐在印花棉布罩着的沙发上,这沙发本是艾米小姐①的一件家具,她问过朱莉亚是否介意:"我是说,你介不介意我把它们留下来;就是说,我不得不把它们存放下来,在这间房里,我没有足够的家具,反正也没人想来这儿住,实在太冷啦。莱夫斯基先生说你可能会喜欢这儿来着。"这就是艾米小姐,名噪一时的社会改良主义者,1914年那会儿就成了老派人物,1917年时,已经穿着棕色天鹅绒夹克衫,威武勇敢地参加了战前的妇女选举权运动。她个子很小。有时候,她会穿着乔治·桑式的短夹克,配着长裤。她的头发是自然卷,乱乱的,但并不土气。一头金棕色的头发到了太阳穴那里变成了灰白色。蓝眼睛的周围刻着细细的皱纹。她用词准确,话里话外带着一股贵族式的法国腔调。"我不喜欢丑女人。"她边说,边把烟灰从松香头上弹走。

再来看一下这房间。最重要的家什就是房间本身、画框和随时都想逃离女皇广场上屠戮的窗帘。三块带着并排褶子的双层窗帘从窗帘杆上垂下。朱莉亚亲手缝制了窗帘的褶子。窗帘后面有厚厚的一对插着沉实的铁插销的挡板,这挡板可是他们顶着一次次的空袭拖回来的。"房子倒是不要紧的,"艾米小姐说,"我保证这地方没事儿,是光的问题。请插上挡板插销。"接着,她转过乔治·桑式的肩膀,转念一想道:"哦,我看这样,阿什顿夫人,你不要这间房会不会更好些?我有个朋友,

---

① 艾米小姐可能是指美国著名女诗人艾米·洛威尔(Amy Lowell)。

解读西尔达·杜丽特尔

很有地位——我能帮你出城——"出城?

他们要帮她出城,他们要挽救她,为了什么?

但那样是救不了她的。她的一生正过半。三扇长长的法式窗,三对她亲手缝制的窗帘,那三个象征着就要逃离女皇广场上屠戮的窗帘。她不知道自己走在命运三部曲的正中,她还没能找到这样的词语。她的一生正过半。他们全是这样,包括那场战争。

已经忍耐了一年、两年,挨到了第三个年头,为什么要她现在屈服,在旁人的催促下,重返美国,在旁人的劝说中,跑到乡下? 天知道。

我自己,我自己,我自己。这是我的房间。去年、前年发生的事情只不过是光亮的桌板上杯沿的影子,一个圈,一年,过去的一年。去年已消退在模糊的记忆中:德芬郡的农舍里,伊凡·莱夫斯基正在油炉上烧土豆。她没喜欢过德芬郡。那时,弗里德里克已经写信来问:"你和拉夫干嘛不来康沃尔?"拉夫不想去康沃尔,不想"和弗里德里克两口子混在一起"。也许,他其实是想和弗里德里克两口子混在一起的吧,只是要在某种东西彻底破碎前,紧紧抓住它,不让它过早地碎开。他们被迫搬过去了,众人的议论、对准他们的毒箭、毫无意义却搅乱生活的谈论围绕着他们;中了埋伏,他们要躲开。

拉夫·阿什顿夫人,那是我的名字。一个曾经令人开怀的安排。他们的婚姻也一度算得上非常成功。他们的婚姻曾经十分顺利,不过那不是罗伯特·布朗宁和伊丽莎白·白瑞特那样的美满婚姻,而是庞奇和朱迪式的。① 俩人都想要自由,俩人

---

① 庞奇和朱迪(Punch and Judy)是英国一传统木偶剧中的一对夫妻。

第四章 散　文　篇

都想要逃避，俩人都想找个能静心读书的地方。他们还有共同的朋友。他们爬着看一堆《法国先导报》①，埋头苦读封面发黄的法文小说、不甚明了的原版的品达诗歌②（她手拿词典，东挑个词，西挑个词，他则不时地用上几个重要的词汇）和希腊文集。

因守的日子里，飞机的声音会让他们跑出房门；她跌跌撞撞地冲下铁制的楼梯（那是在汉姆斯泰德的公寓的时候），擦破了膝盖。一跑出来，正好瞧见灰暗的低空里一个东西上下颠簸，滑翔到一边，摇摇欲坠，从很远很远的地方飞来，又从视线中飘然而去，然后，一小群目瞪口呆的观者散去。海怪轰炸机③像巨鲸游弋在黄昏的城市上空，盘旋在郊外的丛林之上。我的膝盖，那是个黑色的划痕，她可能摔断了腿。忽然间，就在他去卫生间给脸盆装满水的时候，她意识到或可能意识到，尽管她的脑海里并没有浮现出清晰的画面，要是她把孩子抱在怀里，那样摔下楼去，她也许就……不，她不是有意去想那事，她不久前才失去孩子，但她从来不去想它，有一扇门把它关了进去，把她关了进去，某种死而未死的东西。也可以说，因为什么东西已然死去，所以又有什么东西行将死去，但她不是有意去想那事。他端起有点弄脏了的碗里的水，说道："可怜的朱莉亚，可怜的朱迪。"生活依旧如常，不用在乎《云雀》不再给我们的翻译支付酬劳，也不再刊登拉夫的法文连载，还有《周刊》已经被弄得带上了些许宣传性质，拉夫说他索性参

---

①　《法国先导报》(*Mercure de France*)，法国 18 世纪的刊物。
②　品达(Pindar)是古希腊著名抒情诗人，以写颂歌而闻名。
③　海怪轰炸机(Leviathan)，希伯来文，意为海怪，在圣经中有记载。此处指盘旋在空中的轰炸机。

军好了，不用整日里算来算去，他说，全都是胡闹。她没有喊叫（她哪里喊得出来？）哦，上帝，那就参军吧，走开，走开，走开，走开，走开。

那事情闷在她心里，其他的事情都闷在她心里，因为"仗总会打完的"。（仗永远不会打完。）我在体力上付出了太多："阿什顿夫人，你有那么好的身体，不要这孩子，你会后悔不已的。"后来，她在阔夫城堡找了间靠近拉夫的房子住下（拉夫已经参军了）。那时，拉夫还没完全弃她而去，回家时，胳膊上老搭着一条毛巾，她就说："那条搭在你胳膊上的毛巾让你看起来像个侍应生。"去阔夫城堡住是在那孩子的事以后，一切照旧，只是在她的意识中出现了一条鸿沟，表面上，一切都没变。只是更冷清了。只是——不过我等着你回来，你也小心翼翼，可是又有什么用呢？她颤栗地承受往事的阴影，不表现出憎意。

如果伤口靠近表面，她会去全力克服的。直视她的却正是毁灭本身。

"对不起"（仿佛这能有什么意义），"我伤害了你吗，朱迪？"

然而，即使是使用心理仪器，也难以消除如此的恐惧。或许无知是更好的办法。即使是危险的一知半解也不要有。意识的鸿沟愈深，就愈像黑暗的加尔各答地牢①；漆黑的云团越迷乱，当它现出清晰的轮廓时就会越耀眼，更璀璨的星群就会显

---

① "the black-hole-of-Calcutta"，加尔各答黑洞，18世纪法国殖民者在加尔各答修建的土牢，用来关押英国俘虏。土牢的条件极其恶劣。

现,只要在某个时刻,表面的问题能得到充分的解决,总有拨云见日的一天。那样的一天还没到来。她越是恐惧,越是在加尔各答地牢般的内心抗拒拉夫,就越要全力接近他。

这是我们的公寓,这是我们的房间,这是我们的床。我不能紧张,那会把一切破坏了,这就是她爬到床边时,支撑着她的想法。"我们要不要烧壶水?"

他会照着话去做,顺从的样子很迷人。

二

他还会回来的,和从前一样,煤炉圈上水壶里的水就要烧开了。她觉得,此时此刻,真完美(她并没去想这个词),事情会很完美的。她发现自己听见了,从很远很远处传来的,回声中的回声。贝壳里的回声吗?她听到了什么?她对自己说,是水壶里的水咝咝作响,它马上就烧开了。她听到的是他声音里的声音,贝壳里的声音;他本来的声音变得嘶哑,喉咙僵硬,可是他的声音里还有声音——回声。她在听它,她情愿去听它,这是她结婚的原因,是她差点丧命的原因;是她逃离、解脱,获得灵感的原因。

是他的声音。他说出的话和说话时的样子不总是相合,可是她情愿去听他一直在想,却还未说出的话,真静啊,一定是三四点钟了。她也许会说,只要伦敦静下来,她就是世界上最安静的地方。可能还会说,空袭过后,一旦静下来,一切都像墓地;我们行走在石子里,铺路的石子里,每一块石子都可能成为我们的墓碑,一面墙,我们头顶的那块天花板,掉落下来。然而,她没去想那些,当然也没有说那些话,即使因为他从法国回来,她把一切都想清楚了,她也不会说那些话。

他就要回法国了。明天,今天。他们要煮茶(以前也曾这样),他们要在放鞋的书箱下面的架子上找几个鸡蛋。他们要抽烟,当冬日的黎明在沉睡的都市悄然降临,他将会说那些(天知道)还不如不说的话。要是他是一个普通的英国人,她不会嫁给他。她嫁给他的时候,他是另一副样子。那是个圈套,真的。

她在听贝壳里的声音,她身边男人声音里的声音。她听着,警觉着(支着瘦长的胳膊肘),因为小小的水壶发出蛐蛐般的鸣响,水就要开了。

"你在发抖。"
"没有。"
这是女巫施行魔法的时刻,这是事情将要发生的可怕时刻。这儿,煤炉圈是有象征性的圆石,水壶是神人或魔鬼施法的器具,在这房间里,事情将要发生。她看出了征兆,她自己已是筋疲力尽,干枯的直发向后拢去,翻过她"弗莱芒斯式过高的前额"①(语出佩特②)——他喜欢这样说她的额头。一准有事要发生。不是身体间的缱绻缠绵,是别的事儿,也有这缠绵的浓情,是出自这股浓情,与它相异又相同的东西,就像冰、蒸汽和水是同一物质的三种形态一样,就在这里,就在此刻。从他们的身上,魔鬼就要现形,那就会——那就会——"香烟?""哦,好,好——"在他看看驼毛睡袍的口袋,接着站起身,去看咔叽布连身衣的口袋时,她知道事情就要降临到

---

① 指弗莱芒斯画派的肖像画。该画派的发源地弗莱芒斯位于现今的荷兰和比利时一带,该地区 15—16 世纪的绘画盛极一时,画中的人物都长着长圆脸,四肢细长。

② 沃尔特·佩特(Walter Pater),19 世纪末 20 世纪初英国唯美主义理论家。

第四章 散 文 篇

他们头上。那是他俩之间的事,他俩变戏法变出来的事——
"你在发抖。"
"我支着胳膊肘时,你知道,就是这样子——没事儿——"
她颤巍巍地支起身子,直直地坐在床上,那是婚姻之床,那是死亡之床,那是重生。

试想一下,每一支香烟都是时间的延续。一支接一支地抽。现在、今晚、今夜(今晨)一直抽着烟,像是接连不断的仪式;含尼古丁的烟雾,晾干切碎的烟叶,这叶中曾开过白色的花。真的,象征烟雾的是白色的、含尼古丁的,一朵白色的花儿。白色的花儿,尖尖的花瓣,你可以叫它白莲花,总之是白色的。如果你懂得秘术,那花儿是从前世留传下来的佛教器物,但她不想陷入迷糊的悬想。不是那样的。

那其实是,对啊,那其实是一个象形字,在空中留下痕迹的象形字。如果你把所有的象征物统合到一起的话,甩在扶手椅后背上的咔叽布连身衣,搭在他胳膊上的、驼毛织成的、快要磨破的睡袍,他系过的毛糙的驼毛腰带;圣安东尼。对,他是圣安东尼;她又是怎样的圣徒?是哪位圣徒?克莱尔吗?从冉冉上升的烟雾中,黎明时分在寒冷的女子教堂里,贞洁的,不贞洁的,住在各自密室的两个圣徒得到的答案,与他回法国的前夜,他俩在位于布卢姆斯贝瑞女皇广场的寒冷画室兼客厅里得到的答案是相同的。

"水开了。"
"是的。"
她裹在睡衣里面。"我起来。""哦,该死,别别,我已经端下来了。"他悉悉索索地抓着茶叶,熟练地把它们倒在一小张铺在地毯上的报纸里,用脸盆架上水缸里的清水,清洗放在西班牙屏风后面的茶壶，然后把刚刚滚开的水倒进棕色的茶壶。接着，他又清洗了一道茶壶，再掂量着放茶叶。中国人，不是吗？难道他是个中国人？他是阿拉丁吗？茶壶是神灯吗？真有点儿像，不过，她的直觉受到了压制，被压得很深很深，此刻、此情、此景之下，流过她脑海的直觉像是潜意识的暗流，无法用言语说明。幸福。脚踏铺在一对沙发和床后面，蓝色的方块地毯，她甩开了危险的麻木情感。床单，床，墓地。但当她第一次独自挺力前行、踏出人生的第一步后，当她第一次经历死亡（女儿啊，此话对你而说），重新站立起来后，她直面了倏忽而逝的内心自我的主宰，她的爱人，他的丈夫。在那几个瞬间，她有这样的感觉——她触摸了天堂。

　　他也一样。但他不必这样去想。明天，他就要离开。今天？他匆匆放下茶壶，好像手指被烫到了一样。"看看——我把它给忘了。""它？"她一如平常，自然而然地走着，带着那份心情（如在天堂）向桌子走来；她从沉没中走过来；她正从麻醉中清醒。"哦，时——间——"她也去瞧他正在看的那东西；他那块安着皮表带的军用腕表平放在桌子上，圆圆的表盘上覆盖着织成一个个圆圈的线，像一个倒扣的小篮子，或者剑手的护面罩。困在监牢里的时间，那个时间，在钢笼子里，它快活地滴答向前。

　　"我真能听见它的滴答声。"她非得说些话，因为她再也不能听这时间了，她再也不能听这时间了，她再也不能听这时间了。

　　"嘿，它怎么了？"
　　"哦，它还在滴答响呢。还在响。"
　　她透过剑手的护面罩往鸟笼子里瞧，拿起表，摇了摇。

第四章 散 文 篇

"也许它停了。"

"停了?"

"我是说,它可能是在我们喝茶的时候停的。"她把表举到耳边。真的,她之前确实听到了虫鸣般的滴答响。屋子里静悄悄的。她站着,在桌子的上方听到过桌子上时间的声音,小小的声音说着:"是时间,是时间。"这小妖、小鬼、小魔还活着。她当然知道喝茶时时间不曾停止。

"好吧,就算是喝茶的时候吧。"

"什么时候都可以喝茶,"她说。

"我来洗杯子。"桌子上散放着杯子,还有几片玫瑰的叶子。他们出去吃过饭。

"干嘛要洗它们,我们又没得口蹄疫。"不过,他还是清洗了放在西班牙屏风后面的杯子,而她只是站着不动。她走了过来,要做些事儿,好呆在这里。她必须做些什么,做几个动作,表演似的,动作真大过头了,"长筒袜,我很冷。"她在睡衣底下套上长筒袜。袜子不会掉下来吧?她翻到一件羊毛衫,扯上一件甩在书箱边小椅子上的出门穿的外套。

"我们把那些鸡蛋吃了吧。"

"鸡蛋?"

"鸡蛋——"

"但是你早饭吃什么呢?不过我看一下时间。"她走回桌子,盯着那活生生的小妖怪,尽管她知道指针的位置。"四点半了,就要五点了。呵——早饭。"

早饭。早翻。他们要开始早饭(翻)了。"煮的?煎的?炒的?"

"哦,随便。最不麻烦的。我最好去穿上衣服(她非得说些什么),穿好衣服,跟你一起出去。"

解读西尔达·杜丽特尔

"你别——这次——安西亚①。"

他叫她安西亚。他叫她朱丽,朱迪,朱迪小鸟,朱丽小鸟。"安西亚",他又喊了一遍。他眼神迷茫,她想知道他在看什么。他不能就那样走了,他的眼睛要一动不动,如常地,盯着这房间。

他不可以望过茫茫的寒水,去看另一块大陆,去看法国。

"每根烟。这一根——"但是她没能把话说完。他们确实太累了,他们确实用尽了气力,他确实不会去吻她的嘴了。

"这一根,"他说着,"这一根,"他说着,"这一根。"

"你要把我的烟弄熄了。"

"你在乎的只是这个?这一根,"他重复了一遍。他的手紧抓住她的肩膀,手指压住她出门时穿的外套,压住羊毛套衫,压住里面单薄的睡衣。

"这一根和这一根,"他说着。一只手摇晃着,牢牢抓着燃着的火把;手指紧紧缠绕着刚刚点着的香烟。她抓住了些什么,细小的火花,香柱头上的微火,她的香烟。

"还有这一根——"她抱紧自己,不是要挣脱他,而是不让自己倒下。

五点钟了,一会儿就六点了,早上了,白天就要到了。"还有这根——还有这根——"他说着,他的脸还是老样子,显得粗犷、硬朗、棱角分明,即使在此刻的紧张不安中,他宽大的眼睛依旧有些迷茫。他的肩膀如旧——她另一只反抗的手,用他的话说,跟一片瓦洛姆布洛沙②的叶子似的,此时停

---

① 见此书扉页的题诗。
② 瓦洛姆布洛沙(Vallombrasa)是意大利中部的风景区。

第四章 散 文 篇

放在他的驼毛大衣上,只要你留意看,大衣的颜色和他就要穿上的咔叽布连身衣的颜色别无二致。一切都要不同了。不多久,他就要去集合,离开,"让我去爱。让我去死。被爱是我最大的荣耀。"①可那是个陷阱,那就是问题的所在。如果他们真正地相信这些,去上演17世纪情人的勇气,或者伊莱克特拉②的果敢,情况就会合情合理地变得简单。还有那死去的死神③?这不可能。他打算说出来,他真的说了出来。"记着,如果我没有回来,或者回来了却出了什么事情(如果我们之间出了什么事情),记着,这是,这是永远。"永远?很长一段时间以前了。

鬼还没有死,当然,鬼是不死的。就是这样。即使是最初一刻,就有魔鬼现形。他们之间的某种东西,每个的瞬间都变长了,延长到一天,一天一夜。他们之间的东西,他们一起用戏法变出来的东西,像是穿透墙壁的一道光亮。墙的这边是现实,这桌子,这椅子,装着对开的蓝色拖地窗帘(我亲手缝制的)的三扇长窗。窗帘背后有老式的、朝里面开的窗板,上面钉着铁插销。插销被插上了。窗帘后面有三扇插上的门,它们开向铁铸的阳台,从那儿可以俯看城市广场。三扇门;它们朝向别的房间,展现不同的狭长远景。她没去想这些。

她的眼睛倒是盯着房间里的细节,这桌子,这两个杯子,和那半打被推倒的一堆报纸、一摞书和几个放在烟灰缸一旁的杯子,一定刚刚开过聚会。她集中精神,专注地想着今天下午

---

① 17世纪玄学派诗人罗伯特·赫里克诗里的句子。
② 伊莱克特拉(Electra),《荷马史诗》中希腊首领阿伽门农的女儿,阿伽门农从特洛伊凯旋而归后,被妻子和她的情夫谋杀,伊莱克特拉和她的哥哥一起杀死母亲为父报仇。
③ 死去的死神(dead Death)是玄学派诗人多恩诗里出现的词语。

或昨天的喝茶时间。接着，她不让自己回想譬如喝过茶后，房间里总会挤满了人的情景。"我们想见见拉夫。""他就快回来了。""别忘了告诉我们，"然后，人们推推搡搡地走下楼梯，走出顶部装着英式小窗的前门。哎，聚会结束了。

她一直觉得他想见人，兴高采烈地和人们一起大笑。她擦掉众人的记忆。她邀请过人们。他不在的时候，和大家保持联系。她不知道还能不能做到这些。

"所有那些杯子——"

"别担心，我会把它们洗干净，再——再走。"

"我不是这意思。我是说——我俩——一起——这儿——没人。"

不过最好还是和大家在一起，笑呵呵的摩根，当然，人们应该称呼她摩根·拉·菲。伊凡，后来去了佩特拉格拉德。那个身穿意大利式无袖长衫的男孩儿。他是谁来着？有一半意大利血统，上次要赶往罗马的。奈德·特兰特上尉，参加过布尔战争，现在是爱尔兰的革命者。又是摩根。摩根。"摩根这次看起来怎么样？"我们还是别谈摩根吧。干嘛提她呢？正是在她的屋子里，我遇见了拉夫。

她没有问这个问题，什么也没问。她可以提一个问题，聊聊在这儿喝下午茶的人们，不过她明白太迟了。也许，这是最后一次，她对他们的爱还有感觉。

不过她明白这不是真的，他走了之后，任何时候，一杯茶，一根烟，都会激起她的感觉。她与他曾同居一室，却强烈地感到他的缺失。他一旦离去，反而比现在靠她更近。但他还并未离她而去。

她必须护着那东西；宛若走钢丝的人，她得踮着脚尖踩过

第四章 散 文 篇

极细极细的,把他们和往昔牵连起来的钢丝、线、绳子、脐带、银丝带。你也许会说,往昔早已被炸到地狱里去了;1917年的时候,往事已经不回头了。它遭到了轰炸,受到了摧毁,旧的秩序已经死掉,做着垂死挣扎,被炸成碎片,不复存在了。但那不是真的。对那些在那年八月前还活着的人来说,现实存活在他们的头脑里。他俩那时都活着。那一年,他俩在意大利,战前,他们就已经在英格兰度过了一年的婚姻生活。两年的时光。一年在英格兰的婚姻生活,再往前,两人一起在巴黎、在罗马。在卡普里、佛罗纳、威尼斯。

她未说出的话将古老的城市联结了起来;在这根细线、这根银丝带上,威尼斯是一颗明亮的玻璃珠,闪耀着绿宝石般晶莹的色彩,它自己,就它自己就能抵消过去两年以来经受的一切苦难了。1914年,接下来,1915年,她的死亡,确切地说,是她孩子的夭折,在可怕的护理室里呆了三个星期,然后回到老样子的拉夫身边。她已经不同以往了。她怎么能够欢欢喜喜地面对他所说的爱呢,可怕的未来一点点逼近,护士长用沙哑的声音,对可能出现的情况说出咒语,"你明白,在战争结束前,你不能再怀孩子。"言下之意就是,你不可以靠近你的丈夫,不要让他靠近你。那时,他正是她的全部,祖国、家庭、朋友。哎——就这样吧。她枕上的玫瑰,"亲爱的,你回来了。"

玫瑰?

此刻桌上正有玫瑰,花瓣落在茶杯里。看来,人们来过了。她可以聊聊众人的,摩根——穿意大利无袖长衫的男孩儿——没别的了。那使她回想起(穿在细绳上的)珠子,颗颗都是小小的城市,小小的城市被她握在手中,好似隐藏在教皇袍子的褶皱里、画在教堂三联画上的、带有象征性的城市。

"我们被画在三联画上。"

"你说什么，朱丽？"

"敞开我的心，你会看见——"

"是的——"

"沉重的心里，"他弄出一副假惺惺的腔调念着，"意大利，"但他不敢去想，他自己不敢认识到那根绳子有多么脆弱，是多么沉重的记忆，挂在脆弱的蛛丝上，挂在就要绷断的银丝带上。

"我要跟你一起走。"

"不行，"他说，"不行。"

她整理了一下她的衣服，抖抖索索地抽出她的袜带。"停下，"他说。

他一把从她手里夺过那一团有弹性的丝网。东西很好看，是她自己做的，有弹性的带子是她从一双旧袜带上取下的，缝在旧纽扣上。他将那团牢牢钉着从后面扣上的扣子，已经褪了色的弹力丝网甩到屋角。

"在这样的大雾天，你不要出去。"

"你怎么知道是雾？"

"傻瓜——天很黑。"

"总不比，你想想看，上次出现在钟里的这个时间更黑吧。我是说昨天晚上六七点钟——"

"昨晚是——昨晚——"

这话没有任何意义。她捡回袜带。接着，膝盖一软。她倒在书箱另一侧的小直背椅上。屋里有两把这种镀金的椅子，装饰着褪了色，却不失雅致的丝绸，镀金层有些微微发暗。它们是艾米小姐的，连同那个西班牙屏风。她曾问过他们是否介意把这些东西留在屋里。

第四章　散　文　篇

　　他们在汉姆普斯泰德公寓里的一半家什，跟一些书、从地窖杂物箱里拿出的三分之二的厨具和瓷器堆在一起。这是他们的床。她跑过家具，跑过所有的零碎，抬头看。他正在系他的山姆·布朗武装皮带，踱向他的背包，把它扯近身，又把它拖到床边。现在，他穿戴完毕，一位即将远行的英国军官，坐在床沿。他系紧背包的带子，又忽然将带子松开。他在寻找什么东西。然后，他系上表带，又解开表带。"过来。"

　　她从那可笑的椅子里站起来，那古怪的椅子，好像从人们为了婚礼租来的，摆在客厅里的五十个、一百个椅子里走丢了似的。一把镀金的椅子变成了五十把，不过，她没有扭头看它，也没看跟它配对的另一把椅子，她昨晚还在那椅子上把衣服叠得整整齐齐的。这是她一辈子的习惯。椅子越来越多；这时，她瞧见桌子上面摞着桌子。屋子在晃荡，跟空袭似的，可是天花板没有掉下来。接下来，她发觉四周静悄悄的。那么说，这不是空袭。她拖曳着，走过地板，手里拽着出门时穿的大衣；另一只手忙不迭地摸索着，把套头衫扯出来，套在头上。他把套头衫抓走，夺去她手里的大衣，将她推回到床上，拿起睡衣给她盖上，把她出门穿的大衣甩到一边。

　　他坐到床边，又去摸背包，"我想让你给我保管个东西，非常贵重的东西。你发誓。"

　　"好，"她说，"我发誓。"

　　他把一捆信放在大衣上，朝她拖过来。

　　"这是什么？"

　　"是非常贵重的东西，你最后寄给我的一捧信。我差点儿又把它们带回去。"

　　"我还会给你寄别的信的。"

　　"我知道——你会——寄——别的信——给我——"他的

头垂在背包上。他的后脑勺很平。肩膀有英国军官的样儿,像裁缝橱窗里摆出的那种。裁缝橱窗里摆了军官吗?他的袖子上有一些装饰,并没太多。她伸出手去触摸它。手背扫过床罩上的一个东西。她转过手,感觉手指里面有金属。

"呀,是你的手表。你忘了戴你的手表。"

她拿起皮表带,推开盖在身上的东西,露着胳膊坐了起来。他是对的,天很冷。我必须跟他一起走。他现在找到了帽子。他的手指滑过一本本书的背面。他把帽子往下戴。现在他调了调肩膀上的皮带,环顾整间屋子。

"你的手表,"她拿着皮表带,把表给他递了过去。

他从她手里接过表带。在床边靠着她坐下。她把他缝着一小条装饰的咔叽布袖子向后推了推,手指轻轻围绕他坚硬的手腕。她双手相扣,用力握紧。接着伸出手去拿表带。"我来给你戴上。"可他把她推到一边,把她推远,他看着那块表。

他把她的手放在自己的手心,为她系上表带。"太大了,"他说道,他把表带系到最后的那个扣眼,然后站起身。他在桌上摸索着,急急地拍了拍衣袋,又用小刀不急不慢地在表带上刻着。

"怎么了?"

"你的手腕,"他答道,"我跟你说过,太瘦了。"他不紧不慢地摆弄着表带。

"你会把它弄坏的。"

"它吗?"他垂着头,肩膀有着远行之前英国军官的样儿。他就要离开了。别去想肩膀了。这时,他随意地抓起她的手。"手指,"他说着,"太瘦了。什么也做不了——很会写诗。"他吻了她的手指,可这代表什么呢?人是不哭的。我们不哭。

第四章　散 文 篇

"你该走了。啊，只要你让我起来，我真的想跟你一同去，还不算太晚，我可以和你一起走的。"

但是他把表带系到她的手腕上，用力一拧，系牢了它，他朝她的手躬下身，把表带系到新刻出来的那个扣眼。"现在合适了，"他说道。

"是的，"她说着，扯扯表带，要取下这军官的腕表来。它才跟着他上了鲁斯的战场，是兰兹吧？那是哪儿？这是哪儿？我什么也看不见。

他捧起她的双手。捧起双手。

"我不想要它，该死的，"他说，"我把它留给你，好让你明白——"他在讲些什么？这时，她只感觉到喉咙下那粗糙的咔叽布。她的下巴扫过纽扣，瘦薄的前胸感觉到纽扣，他把她抱得太紧了。她一言不发。然后说，

"走吧，走吧，不然就太晚了。"

"太晚了，"他说，"见鬼真要太晚了——如果——"

"别说出来，"她说。"什么也不要说。"

"只有这个，"他说，"替我戴着它，它可是同色牌里幸运的那张，会带给你更多的——会带给你更多的——可是——"

她倒在枕上哭泣。他没有看见她哭。她听见前门闷声一响，就像浓雾中前门发出的闷响声。

六

他坐在那儿，这个小个子男人。他在她的扶手椅上缩成一团。她对着他坐在另一个扶手椅上。艾尔莎和贝拉出去了。她领着艾尔莎去买东西。艾尔莎说过，"我把弗里德里克留给你了。"这话很明白，这么说吧，艾尔莎在祝福他们两个人；她和里克要弄清楚他俩之间的事情。可是里克太累了。她不仅仅

是累,她累得不知道什么是累了。她感觉不到任何东西。拉夫·阿什顿说得对,"你什么都感觉不到。"

小个子男人并不真的很矮。他站起来跟她面对面时,几乎和她一样高。他不打算屈服。那些人收回了他住的农舍,没收了他的手稿,警告他不可以再回康沃尔①。

"是你,是你的错儿,你这该死的普鲁士人,"昨晚吃饭的时候,他向艾尔莎大声喊叫。他们把临时拼凑的晚餐摆在桌子上,贝拉已经进来了,真的没什么问题。摊了一地的俄尔普斯②没有什么问题,那是诗歌。问题只是,弗里德里克夫妇要到哪里去住,谁肯给他们房子住?当然,他们可以在这里凑合住几天,里克住楼上伊凡的那间屋子,贝拉和艾尔莎睡在沙发上,她自个儿睡屏风后面的小宿营床。谁还能指望更多呢?

迟早,有人会出现,给弗里德里克夫妻一个地方住;他已经说过,"对不起,今早我去汉姆普斯泰德的时候,莫里·科若伏特不在家;不过她在肯特还有农舍,她写信来,说我们可以去那里住。她住在那儿的儿子,现在有事不在。"

"可他还会回来的,"朱丽说。

这是老情况了,有的人不会回来了。如今,他们不得不考虑莫里·科若伏特和她的儿子了。

眼下的情形还过得去。拉夫要有一阵子不回来,如果他还会回来的话。没有问题。成问题的是什么,用拉夫的话说就是,"白白搞到"足够的东西吃,成问题的是艾米小姐昨晚突

---

① 康沃尔(Cornwall)郡,位于英国的西南端,濒临大西洋,风景优美,古迹众多。

② 俄尔普斯,希腊神话中著名的乐手,他的音乐征服了冥王,使其释放了自己的妻子。这里指书中女主人公以俄尔普斯为题的诗作。

第四章 散　文　篇

然出现在大厅里,"阿什顿夫人,你从没告诉我,弗里德里克夫人是德国人。"

　　他坐在那儿。曾经,他以火山般的热情,全身心地投入小说的创作,在他的前一本小说遭禁之后,没有人肯出版他那些令人脑热的性描写了。那还是大战刚刚打响的时候。不过,现在反正是没有人出版那样的小说了。他写的诗,也同样带着熔岩的炽热,然而此刻,熔岩冷却了,灰尘掉落了下来。他已筋疲力尽,她也是。他们彼此冷对,不是因为性情冷漠,而是出于一种相互的理解。我不是这个人,我是送你装在盒子里的石竹花的那个人;我的全部都写进了书稿,可你写信时都懒得提起它,只是说你收到了。

　　我在这里,好像是另一个人在说话,你不知道六个月以来,时有时无地发生在这间屋子里的事情,但是你什么都明白。我在这里,实际上,我在努力完成还不完美的诗篇,我把它们藏在成卷的《法国先导报》后面。其中的大部分,我都寄给了你。那才是我。这不是我。

　　他们完全没说这样的话。他粗笨的农夫靴子上还沾着泥巴,衣服扎进粗棉布裤子里。他似乎还来不及抖落脚上的灰尘。他身上还留着康沃尔的痕迹。海水的冲刷,太阳的晒痕,还停留在他的脸庞;尽管如此,人们还是可以看出他面色下的苍白。很快,他就会变白,佝偻起身体,就像她初次看到他的样子,病怏怏地,窄小的胸口,烈焰般的浓须,蓝色的眼睛。那双眼睛望着她,毫不吃惊,好像他已经在那里住了很久了。

　　他们似乎无话可说。前一天晚上,他坐在那儿,艾尔莎坐在她现在坐着的椅子上,朱莉亚像个好孩子似地坐在他俩中间。"艾尔莎在那儿,"里克说,"你在这儿。艾尔莎在我的右手边,"他说,"你在这边,"他又说,艾尔莎一直神色安详地缝补一件磨破了边的旧毛衣。她针线包里的小东西摊了一地。几个包,找时间归拢到一起的几件行李,是他俩的全部家当,这会儿,都靠屋子另一侧的书架堆着。

有几个普通的茶杯。里克不吸烟。艾尔莎不抽到最后一根烟就不会停下。里克说:"你为了永恒而来,我们的爱情是蘸着鲜血写就的。"

他说:"为了永恒。"可是这又是谁的爱情?他的,还是艾尔莎的?不——那都是在想当然。一个完美的三角关系就要出现,艾尔莎对此坦然接受。

"这会让我空出来,"她用深沉的德国腔调嘟哝着,"去跟瓦尼奥好。"

瓦尼奥是谁?她不想去问他们。后来,她知道了,瓦尼奥是一个年轻的苏格兰人或有一半苏格兰血统的人,名字叫韦恩。韦恩在康沃尔的大房子离他们的住所不算远。他有一种他们叫"抽风"的小毛病,虽然算不上真正的心脏疾病,但是足以让他避免参军打仗。

他是个年轻的作曲家。到现在,明显的配对已经出现了。拉夫和贝拉——尽管他俩对此只字未提——里克和朱莉亚,为了显出这些配对的完美,为了让配对关系显得更加明朗,这个远道而来的陌生的青年音乐家就要进城和他们在一起了。嗯,圣诞节已经为时不远了。不过,那鲜血般浓热的、永恒的触摸,也许里克这么说时是认真的,看起来是言过其实了。似乎朱莉亚和里克谁也做不到这样,或是这一类的任何事情,虽然艾尔莎和他之间对此都已心照不宣。

朱莉亚望着里克,他的眼睛离她不远,有一丝的朦胧,纯

第四章 散 文 篇

蓝色(在他晒黑的脸庞衬托下)，闪着化石的光泽。那不是双冷冰冰的眼睛，不是双充满心计的眼睛。如果换了是别人，也许会觉得前一天晚上的那一幕不是真的，这倒不是说那全是假的，而是说它脱离了尘世，表现得很天真。艾尔莎有一个，或者会有一个，或者早就有了一个年轻的朋友(情人?)，他是音乐家；这倒符合里克把她当成是母亲女神的想法，而且这并不会破坏他俩的关系。艾尔莎对里克施展着"魔力"，正是通过她，为表现她，围绕着她，里克继续着他的写作。嗯，这儿是这个瓦尼奥，另一个艺术家，更年轻，又一个加入这个古怪剧团的新成员。朱莉亚看见里克在打量放在屋子另一侧的背包。"你想干什么?"可是他没有作答。他只是站起身，翻出个笔记本，又摸了摸衣袋，好像里面放着把起子，或是捆灌木枝的椰条、剪枝用的小刀之类的东西。他摸到了他的铅笔。

哦，他在写作，那似乎才是最重要的。他把笔记本打开，放在膝盖上，在上面写写涂涂，全神贯注的，像一个正在举行考试，或者批改作业的老师。她觉得，这是一个真正忘我的艺术家。他一定感到很自在，她想着，然后走到房间的另一侧，免得她的出现打扰到他，也许他会抬起头，出于客套地跟她谈些东西。她一本书都懒得去翻，坐下来，面朝窗户。窗外，梧桐树在风中摇摆，枝条映衬在低矮的空中。

"天空太近了"，在汉姆普斯泰德，当他们边走边聊，从安康谷借宿的农舍走回公寓时，里克说了这样奇怪的话："天空太近了。我讨厌英格兰的天空，它像纸一样，"他说，"潮湿的吸墨纸。"

此刻，她想起了这话，她凝视着梧桐树，剥落的树皮像装饰物，枝干凋敝。英格兰的雪总下得不够。她想起了雪，想起了她写的多多娜①诗里的片段；诗就放在那些书后面，在她胳膊肘边的一卷诗作里。现在还在那里。

"无尽的季节和一心飘舞的雪花"，她回想着，她总爱注视那一列列的书。里克真是有趣，竟然向她大喊"踢翻你讨人厌的装着生活的房子"，他又写道，"我们象征美德的百合慵懒地打着盹儿，不知就快要跌落陷阱"；但是当他去读她任何一首诗中的片断诗句时，是从不给予任何批评的。她重温着那些诗篇。她望着梧桐的树枝，映衬在平整的天幕之下。

她抬起头，看到了一丝踪迹，一丝他们心与心的交流，在午后昏暗的光线下，显得如此光芒夺目，恰似穿越房间的一道光亮。他和她的目光相遇了。他望了她多长时间了？是从她扭头看窗外，让思绪在梧桐枝条里游走的那一刻起吗？她翻飞的思绪，始终不曾远离枝条那代数公式般繁复的姿态。当她出神地回想起多多娜那首诗时，她想象着他转过头来望着她；那时候，也许房间里只有她独自一人。然而，当她回味着多多娜的诗时，她靠里克更近了，正是里克激发她写出了这首诗；里克不在时，比里克在时靠她更近。

此刻，这道光亮横亘在他们之间，在空中留下印迹，虽不灼热，却带有某种熟悉的磁场。它不紧密，也不强烈，没有前一天夜里，当她听到他奇怪地，像演戏似地说出"为了永恒，以鲜血书写"时，从他身上感觉到的那种强烈的东西。这光亮，不是用鲜血，而是用灰白的城市空气，在昏暗的房间里写成的。在这里曾发生了那么多的事情，可它仍是为着永恒而写的。

她站了起来；好像跟着一个信号，朝他走去；她坐在他对

---

① 希腊神话中的大地之母。

面的小椅子边上。她坐在他的胳膊肘边,像是一个候命的小孩儿。现在,是回答他前一夜不可思议的请求,回答他"为了永恒"的时刻了。她伸出手。她的手碰到了他的衣袖,他抖了一下,像是要退缩,走开,仿佛一个受了伤的动物。他身上有某种未被驯服的东西,即使她的手在他的衣袖上轻轻一碰,也会令他不安。可是,前一夜,当他们坐在那儿,艾尔莎坐在对面的时候,他点燃了她的激情。那些话语,在空中划出鲜血和熔岩的印迹。前一夜,坐在小桌上的几只咖啡杯旁边,他说过"为了永恒,用血与火来写"。

然而,只是轻轻地碰一下他的胳膊,就让他发着抖躲开,受伤,像一只受了伤的美洲虎。

他是美洲豹、美洲虎。她没有主动出击去引诱他。她这样,是因为他的那些信,和前一夜他希望建立这种关系的不讳请求。然而,就连这微微的触碰(轻轻地落在衣袖上面),都会令他浑身抗拒。她缩回手。门口响起了声音。

七

场面一片混乱。所有的东西都乱套了。屋子也许会被炸个粉碎,也许还能安然无恙地挺过去。屋子魔幻般地安然无恙。一会儿轰炸声停了下来,一会儿又响起"踢—踢—踢"的声音,大家,包括艾米小姐和楼上的巴涅特夫人(作战部的秘书)都说那是"我们的枪在响"。管它是谁的枪在响呢?"敌人又在朝尤斯顿那边打,"艾米小姐说,"枪法真糟糕。"

是啊,敌人在朝尤斯顿方向射击,想摧毁那里的铁路交通,可是糟糕透了的枪法让子弹沿着布卢姆斯贝瑞女皇广场和麦克兰布广场四处横飞;"连大英博物馆都打不中",艾米小姐一边说着,一边用香烟盒比划着只闻其声、不见其形的普鲁士空军。"真幸运啊，对吧，敌人的枪法那么糟糕，"这是艾米小姐对敌人前一轮轰炸的回答。"阿什顿夫人，您要不要在楼下等着？"可是，朱莉亚很礼貌地请求离开："要是您不介意的话，我想上楼去。""注意您窗户的挡板，我们可不想再被盘问哦，"艾米小姐道出了临别赠言。弗里德里克夫妇已经离开这儿了；他们到科若伏特夫人在汉姆普斯泰德的小房子里去住了。

嗒—嗒—嗒的声音再次传来。房间没有摇晃，书都没有掉落下来。这次的空袭不算太糟。眼下，没有必要骗自己说万事无恙，一切都会保持原状。玛莎镇静而谨慎，军工厂的女工还是照常在楼梯上跟她打着招呼。可是一切都变得不同了。虽然每一样东西还是老样子，但是局面恶劣了许多，就像身处龙卷风的风眼似的。龙卷风的风眼是平静无风的，她也如此。桌子，书箱，全部的东西都在，她看着房间里每一样东西的模样，估量着屋外暴风雨的强度。她躺下望着一件件小东西，感觉像是躺在风雨飘摇中的轮船客舱里。

当然，房间十分安静，可是还不仅如此，她自己仿佛被集中了，有了一个中心点。她跟艾米小姐说过想要呆在楼上，她想一个人呆着。可她从来都不能单独呆着。她不奇怪听到轻轻的拍门声。总有人，像是军工厂的某位女工，或者巴涅特夫人，或者艾米小姐会上楼，看看她是不是改了主意，终究还是想和她们一起呆在楼下的客厅里，甚至地下室里。但是，这次不是艾米小姐，是瓦尼奥，弗里德里克带来的那个年轻人。

这个年轻人本该成为艾尔莎的伴侣的。可是事情的发展却有所不同，她和里克没有像艾尔莎预料中的那么亲密。而某个情感动力学法则将朱莉亚和韦恩牵到了一起。

他说："我说过，要来带你出去吃饭。"

"对，对，"朱莉亚说，"你说过你要来的。"

第四章 散 文 篇

"你忘了吗?"

这真可笑。难道他不知道这场空袭吗?

"可是有空袭。"

"哦——那个——"

"坐下吧——好吗——"她坐回椅子里。这儿还有一张椅子,里克在上面坐过——拉夫的椅子。他在她的对面坐了下来,坐在拉夫的扶手椅上。

"你不介意我抽烟吧?"

她坐着没动,用手扫了扫大理石壁炉架,又探身去摸了摸桌子。"我不知道烟到哪儿去了。"但是他抽出了一支烟管,往里面塞了些烟草,划了根火柴。他总是坐在那里。某个人总是坐在那里。

"你怎么进来的?"

"进来?"他抬起头来,一脸狐疑。没戴眼镜的时候,他就半眯着眼,好像在对焦距。他的眼角稍稍上翘,眼珠是灰白的,带着迷惑不解、若有所思的神情,他两眼半眯着,打量着她。"进来?和往常一样,我从门口走进来的呀。"

"门是开着的吗?"

"有人闯进来过。"

她没去问那人是谁,也许是贝拉,没准还会是卡特夫人。朱莉亚不愿谈起贝拉和卡特夫人。

"啊,你能进来,挺奇怪的。我刚刚下楼去拿我的东西。艾米小姐在客厅里,她想让我在楼下呆着,你想下去吗?"

他半眯着的眼睛里显出有点糊涂,又觉得好笑的神情。"W-ei 什么?"他问,有意把"为"字的两个音一个个地发出来,带着对整个场面的讽刺口气。

停下的嗒——嗒——嗒声重又响起。她觉得自己对屋子里的每一个人都负有责任。"我们出得去吗？"

他没吱声，因为嗒——嗒——嗒声激烈了起来，而且就在不远的地方。

"我们可以等一等，"他傲慢地带点拖音说，"你不介意的话，就等我抽完烟。"

她飞快地穿上外套。"我们要摸黑爬下楼，"她说，"大厅的窗户没有窗帘。"她关掉手电筒，打开了门。大厅向后缩着，真像个鬼屋的大厅，楼梯转角处乔治时代的窗户发出阴惨惨的光，从他们站的地方看过去，更显阴森。屋子里寂然无声。站在楼梯口，她在这出人物关系混乱、古怪的情侣剧中，表演着自己的角色。是死亡之舞？是生命之舞？霎那间，一切终究化为一场游戏。他们把灯关掉。聚会后，玩起了捉迷藏——在聚会之后玩的游戏。黑暗中有人在吓唬她，她一不留神，抓瞎似的，抓到了一个伴侣。这伴侣的身影高大，跟鬼似的站在她的肩膀旁边，他的手放在楼梯扶手上。

"要我先走吗，珀生？"

"哎，不要。我更熟悉楼梯。就跟着我下楼好了。"

他们溜下楼去，在黑屋子里玩起了游戏。"我想，没有人会出来的。我想，她们都在艾米小姐的房间里，我想，她们不会在地下室里。"他们溜出了门，像玩游戏的小孩子；她把手放在门的圆柄上。"跟在我后面，要是艾米小姐突然出来了，我们就跑。"

恐怖之夜下的城市，恐怖之夜下的城市。她望着那被围在建筑物当中的广场，那荒凉死寂的空街巷，这是座死亡之城。他们四周的墙上没有一丝灯光，梧桐树像光森森的金属一样伫立着，它们金属般的枝条伸向低矮的天空，空中突然燃起点点

第四章 散　文　篇

火光。火山爆发了。在空无人烟的街道上，仍可看见令人伤感的，已逝生命的痕迹：一只烟灰缸，一小片在风中瑟瑟发抖的报纸，一只寻觅干粮、偷偷匍匐的猫。灰烬与死亡；这是座恐怖之夜下的城市，这是座死亡之城。

一根树枝横在她的脚边，被风刮来的，或者是被折断的。这是根梧桐树的树枝。

"不要被那根枯死的树枝缠住，"她说，想起了他的近视，"有一根被风刮来的，或是被折断的树枝。"可是他拉着她，往路边一跨。又一阵火光闪现，传来硫磺的气味，这让他们意识到战争还未结束。高低不齐的烟囱和形状各异的屋顶的剪影刻在夜幕上。突然从很近的地方传来"哐当"的巨响，接着又传来快速而细弱的声音，是辆救护车的声音。她正出去吃饭，在外面吃着饭。他们惊得靠在后面的铁栏杆上。她觉得那铁已经透过她的大衣，在她的身上刻下了一道道印痕，她最后又惊栗了一下。那声爆炸离他们很近。

"现在他们都走了，"他说，"他们不会再靠近了。"

紧紧地抓住铁栏杆，紧紧地抓住枯树枝，她得救了。可是，树枝并没有枯死。或许，这就是她曾经凝望的那根树枝。那天，她靠在房间另一头的粗棉布沙发上，弗里德里克在壁炉边上不停地写作。那树枝使她想起了里克。或许，它就是那根树枝，被弹片齐齐地削了下来；或许，它是被风刮落的枯死的冬枝。不管怎样，一根树枝。在她的脚边，有一根树枝。这里，在她的旁边，有人前来帮助她。正是里克把韦恩带进屋子的；正是里克在最后几场疯狂的聚会上担当"司仪"的；正是里克曾经给过她帮助。

正是里克挪揄地说:"你和韦恩是天生的一对。"

事情没能像艾尔莎和里克料想的那样发展,但是事情还是发展着。在内心深处,她看见了位于广场那一端的房间。她可以转过身,朝广场望过去,她可以看到那房子。房子还立着吗?房子还在那里。在想象中,它显得巨大,像要砸落到她身上的一堵墙。不过,她逃走了,她逃出了房间,逃出了要挤压她的四面墙。

"很高兴我们出来了,"她说。

她望着远处的房间,它一点点地逼近,仿佛海上的一只船,向他俩驶来,来到他俩的上方,就要从他们的头顶驶过去。但是她猛地惊醒过来,发现自己正站在人行道上。没了战争,一切都静悄悄的。

韦恩很安静,但是他要说些什么。有东西要被说出来,有东西要得到解决。此时此刻,四周极度的寂静,像龙卷风的风眼。她的周围,所有的情感事件都被抛射了出去,离她远远的。在这魔幻般寂静的广场上,他俩正跳着死亡之舞。

里克在那儿,说道:"我们来演出戏吧;你来扮演生命之树,朱莉亚。"

亚当和夏娃自然由拉夫和贝拉来演,韦恩演守护园门的天使。这是疯狂的结束,也是开始。韦恩是天使,拿着雨伞的样子十分好笑。"拿上你的雨伞,"里克大声叫着,"瓦尼奥,你来演手持火剑的天使,"当韦恩拿起雨伞,摆出静立从容的守门天使的架势时,人们都尖叫不已。

"舞起来,"里克说,"你要跳舞。"他对朱莉亚说。

"可我是树呀,"她说,"不然,我是什么?"

"你是苹果树,"里克说,"你要跳起舞来。现在,亚当和

第四章 散 文 篇

夏娃，你们过来，艾尔莎，你来演蛇，"他接着说，"你咆哮着，扭动着。"

"蛇可不会咆哮，"艾尔莎说。不过她很乐意地趴在地上，在蓝色的地毯上扭动着。大家把桌子挪到一边。大家都在那儿，耐德·特兰特上尉在沙发床上高声叫道："我演什么啊，老里克？"

"你就当观众，当受到诅咒的人组成的合唱团。注意，夏娃。"

夏娃从摆在西班牙屏风旁边的罐子里抓起一根月桂枝。

"棒极了，贝拉，来吧，拉夫。"

"你演什么呐？"拉夫说，"还剩下什么东西让你来演？哦，我知道了，老里克当然是全能的上帝啦。"

在壁炉，里克边摆出耶和华的姿势，边念诵着想象中的卷轴："女人们，我说给你们听……"

"那可不是耶和华，回到《创世纪》去，"拉夫嚷嚷着。

"好吧，无论如何，跳舞吧，"里克说，"生命之树一定要跳舞；跳起舞来，把苹果递给他们，"受到诅咒的人组成的合唱团在沙发床那边唱了起来，艾尔莎在地毯上像德国蛇一般地扭动躯体。

一片寂静。韦恩说："现在，我们可以飞奔了，或者你想回去了？"

"回去？"她象征性地回过神来，靠栏杆站着，冻得发僵，一动不动。她发觉裸露的双手正紧紧握着冰冷的栏杆。她松开手指，好像它们是属于别人的；手指在铁栏杆上冻僵了。她摸摸她那宽松大衣的口袋，"我忘带手套了。"

"你想回去吗？"

"哦，不，我是说——我忘带手套了，我的手一定被这铁栏杆弄脏了。"在黑暗中，她的手在大衣上蹭了蹭。"不，我不想回去,"她说,"我不想坐在那间房里。"

她脑海里浮现出一幅画,像从望远镜里看到的,十分清晰。小小的人形展现在明亮的色彩中:贝拉穿着绿套裙;拉夫抓起一根月桂枝,好与她抓的那根搭配;里克站着;耶和华。耐德·特兰特上校正坐在沙发床的边上。

"在我们看过的圣经芭蕾舞里面,这是最棒的一次了。"

"看过的?"朱莉亚问道,"我们还看过别的吗?"

"哦,是末日审判,"耐德·特兰特上尉说道。

"你哪个审判者也不是,"里克说,"你要嚎叫,和艾尔莎一起叫,你是受到诅咒的人组成的合唱团,要和蛇合演才完整。"

朱莉亚围着他们旋转,抛出苹果。

这时,幕布突然掉了下来。她看见画面粗糙的老式舞台背景,和粗粗涂抹着灰色和黑色的墙壁,黑色的空墙构成了黑魆魆的空间;一扇门开了。

"我想大家都要苏醒过来了,"她轻声说,"有扇门开了。"

"什么?"韦恩说,靠她更近些。

"这场表演,这场特殊的表演结束了。"她用力推开铁栏杆,感到自己好像被粘在上面,或者被某种磁力吸住了,接着跟跟跄跄地走到路边,用脚碰那树枝。她想起不停写作的里克——里克将继续写下去。她把脚从树枝中抽出来,那不是枯死的树枝,是金枝。她想起圣诞节的时候,扮演亚当和夏娃的拉夫和贝拉从墙角的罐子里掳走的枝条。她想起跳舞的自己。

十一

你还记得那幅画吗,叫《文森特①的房间》?

---

① 指文森特·凡·高。

第四章 散 文 篇

画上的房间和这一间挺相像，只不过这个房间更宽敞些，没有像样的床，只有沙发。还有，白天的时候，这个房间看起来并不像一个卧室。

我记不起画中的细节了，有的只是对它的一种感觉，衣服吊在挂钩上，那些出了名的鞋子堆在某个角落（或者是它们带给我的家常般的感觉）。

也许，在参诺①，你住的房间就是那个样子。

我想象着在我的德文郡出产的水缸里，第一次插满了别的花，有百日菊，有向日葵。这里有百日菊和向日葵。

我最后一次插在里面的是指顶花。

我明白了为什么你会说我的《花冠》是用珀尔塞福涅②冥府里的花编成的。

在我第一本诗集里，没有向日葵、百日菊和指顶花。你说过，你喜欢《花冠》。

我明白你说得对，我当时还未从旧事中复苏。我把德文郡出产的水缸留在那里了，此外，还有打字机和字典。

我真的有了这个惊人的发现，你看上去就像文森特，他变成了壁炉边上的那个人。

我无法解释为什么会抗拒你的写作，也说不清它们为什么让我感到无趣。我指的是在我离开伦敦，去阔夫古堡之前，你寄来的厚厚一摞书稿。在你早年的书中，还有那本遭禁的小说里，我的确发现了闪亮的词语。但是我却读不进整本书。我想知道这是为什么。

什么为什么？

---

① 参诺（Zennor）是位于康沃尔郡的一个村庄。
② 珀尔塞福涅（Persephone）是希腊神话中冥府的皇后。

解读西尔达·杜丽特尔

我想知道为什么我会震惊，会生气。不，这些都不是随随便便的感觉。我无法向你解释。难道我妒忌你看似不费吹灰之力的语言表达？

我记起了这个故事。这故事一定曾经躺在我记忆的死角里。这故事一定是我意识的一个部分，虽然我已不记得它。文森特被锁在阿尔勒①的某个房间里。当他被放出来后，人已半疯，却一如既往地画着画。他最后的画作中，有一幅画的就是那片麦田（他叫那麦子绿谷子），画面上嫩绿的麦苗随风摇荡。画的前景是硬梆梆的麦秸。远处，一间村舍的屋顶好似一艘踏浪的船。不，我在强迫自己回想。我努力想做出解释。当我试图解释的时候，我写下了这个故事。这故事一定写了我，这故事一定创造了我。关于伟大的母亲②，你说得对，埃尔莎就像一片麦田。不过这太复杂了。

透过文森特的眼睛，透过你的眼睛，我看到了。

你被你的天才驱使着。你要表达爱。为什么那份创造母亲的欲望会使你疯狂？他凭借自己的天赋，凭借自己的魔力，将自己的精神融入那棵柏树③之中。他活在那柏树中，活在母亲的生命中④，柏树因他而得以神化——不是以传统的方式。我

---

① 阿尔勒（Arles）是位于法国南部普罗旺斯地区的小城，凡高后期一直居住在此。

② 指里克的恋母情结。

③ 柏树是希腊神话中冥府前生长的树，象征死亡。这里的柏树应指凡高的名画《星夜》里的柏树。它位于画面左下方的前景中，翻卷的树体看似深色的火焰，与画面上方天空中奔腾的黄色星球互相呼应，暗示了凡高疯狂和死亡的欲望。

④ 指凡高的恋母情结。

第四章 散 文 篇

很反感那些陈词老调。这是崇拜之情,和德鲁伊教士面对圆形石阵所产生的崇敬之心一样①。你曾经谈起过对黑暗之神的崇拜,但是这种崇拜丝毫也不阴暗。我是说,虽然凡高疯了,可是他的崇拜之情丝毫也不阴暗。

从疯人院出来后,他是可以不再作画的。但是他做不到。他要继续绘出心中的柏树。然后他朝自己开了枪。

没有上楼走进你的房间前,我的脑中全无这些念头。不过,我要求你一直写下去,像凡高作画那样,一直写下去。

走进你的房间时,我感觉到了德鲁伊教士在小山上摆下的圆石阵,还有你信中提到过的从矿场走向大海的腓尼基人的足迹②。亚瑟王也在廷太基古堡③里留下和德鲁伊教士相同的印记——他的德鲁伊圆桌。在亚瑟王的德鲁伊圆圈,或者说他的圆桌旁坐着的不都是斗士,还有梅林④。但是,我不想去强作比较。我只是发觉你是属于那个世界的。我也是刚刚想到的。

我说的不是什么集体无意识或神灵化身这一类的东西。努力去解释,反而词不达意,不过我还是要尽力解释。这是一种

---

① 德鲁伊教士(the Druid)是凯尔特宗教里的祭司,具有超自然的能力,能与神灵对话,卜算未来。石头在凯尔特宗教中有至高无上的神力,圆石阵可能代表着某种重要的祭祀仪式。

② 女主人公的这一幻觉是与里克的生活背景紧密关联的。圆石阵对应里克居住过的康沃尔地区,远古时期那里曾被凯尔特人占领,留下了许多凯尔特文化的遗迹,德鲁伊教士的圆石阵就是其中之一。从中东内陆移至地中海东部的腓尼基人,也暗合里克的人生轨迹。里克的原型D. H. 劳伦斯是矿工的儿子,而他后来去的康沃尔正位于英国西南端的海滨。

③ 廷太基古堡(Tintagel Castle)是传说中的凯尔特王亚瑟和他的圆桌骑士的驻地,也在康沃尔郡。

④ 梅林(Merlin)是亚瑟王传说中辅佐亚瑟的德鲁伊巫师。

把你我分隔开的东西。

　　我不能成为你的母亲。无论如何,我和你一样也需要个伟大的母亲。

　　那个把你我分隔的东西,不仅仅是你的天才。我是说,那不仅仅是你的个人力量和写作方式。你寄来的厚重的小说稿里一定有腓尼基人掘出的金块、锡块或者什么别的矿砂。可我没有力气和设备来采掘你书稿中的矿砂。但是我知道它就在那里,在你写的每一样东西里;即使我和你的意见或者你说话的方式相左。我知道天才就在那里。要把你与其他人区分开来,我只能说,你要像文森特·凡·高作画那样去写作。

　　不时地,你信中的只言片语里带着天才的品质。你能看到凡高眼里的事物,雏菊盛开在翘起的花篮里,还有那些旧鞋子。

　　他能画出泥土中蕴藏的磁力,他真的画出来了。他的麦秸剧烈晃动,超出了风的作用力。

　　龙卷风的中心一片宁静。

　　我真的不知道你是否把所说的"男人是男人,女人是女人"的话当真。我不懂。那时,我发现不了这个道理。也许,以后我可以了解。不过,当一个人像文森特·凡·高那样爱着柏树或桃树时,他就会回归,会超越。我是说,人都还没有出生,正像胳膊肘旁的烛光闪烁时我感觉到的那样。文森特活在柏树里,他活在盛开的果树里,活在天才的光耀里。

　　如果你把大自然视为神灵,那么我可以用自然崇拜来说明。你说过我是活着的精灵,但是直到你写给我"我们要一起远走"时,我才真的活过来。我们一起远走过,在此地,我发现了你的天才;在此地,我曾愿侍奉你的天才。

　　我看不到未来,可是战争终会结束。看到楼上伊凡的房间，我想起了伦敦。我能想起那宽阔的阶梯、走廊和正对最后一段狭窄楼梯的木门。我能想起你登上楼梯，想起你睡在那里。我能记起你如何对我说"在梦里你在唱歌。我醒过来，发现自己泪流满面"。

2.《向弗洛伊德致谢》

《向弗洛伊德致谢》(*Tribute to Freud*) 完成于 1944 年，是 H. D. 献给现代心理学大师弗洛伊德的一篇回忆录。本书原名《墙上的书写》(*The Writing on the Wall*)，这一名称来源于 H. D. 的一次幻觉经历。在第一次世界大战期间所承受的生活与情感的磨难以及疾病带来的痛苦使 H. D. 的精神世界处于崩溃的边缘。1919 年在挚友的陪伴下，H. D. 来到了满心向往的希腊，打算在那里休养康复。一次，在一家旅馆的空白墙壁上，H. D. 突然看见了奇妙的图案和文字。这一神秘的幻象从此深刻在她的脑海里，她也一直试图找到这些图形的意义。回到英国后，H. D. 接受了一系列的心理治疗。1933 年至 1934 年间，她两度前往维也纳拜会弗洛伊德，接受他的心理分析并最终获得了对墙壁上出现的图形的解释。与弗洛伊德的接触对她之后的文学创作产生了重要影响。弗洛伊德成为她后期的诗歌作品（如《三部曲》和《海伦在埃及》）里的原型人物之一。弗洛伊德的心理分析不仅帮助 H. D. 找回了对生活的勇气和自身文学才华的信心，更重要的是，他的心理分析方法给 H. D. 打开了一扇新的文学创作之门。弗洛伊德认为，个人对童年的记忆和人类早期的文化密切关联，个人的记忆和无意识体验可以在他身处的民族的文化记忆中寻找到对应的原型。这一全新的时空体验在 H. D. 中后期的诗歌和小说创作中得到了充分的应用。在《向弗洛伊德致谢》中，H. D. 一方面记录了她与弗洛伊德的一段难忘的交往经历，揭示了她对后者既敬重崇拜又不甘屈服于他的男性权威之下的矛盾心态；另一方面，H. D. 把弗洛伊德的心理分析技术应用到了全文的框架建构上。就像一个驾驭时空的高明的魔术师，H. D. 将自己对孩提时代家庭成员和日常生活的回忆与对弗洛伊德及其身边人的记忆交融在一起。在这个记忆的世界里，现实同梦境和遥远的神话传说彼此重叠呼应。H. D. 以卓越的洞察力在看似凌乱无序的记忆片断里找到种种联系。她笔下的弗洛伊德具有多重身份，他不仅是伟大的医生和学者，也是一位父亲、母亲和引路之神。在书中 H. D. 把她的心理时空命名为第四维时间（the fourth-dimensional time）。这是一种瞬间的无意识或直觉体验，过去、现在和未来的界限被打破，时间不再是一条永远向前的直线，而是一张密密交叠的罗网。《向弗洛伊德致谢》正是 H. D. 巧手编织的一张记忆之网，其中她对童年生活的回忆和对几个梦境的阐释都为研究其文学作品提供了重要参考。全书共 85 个小节，为突出体现 H. D. 和弗洛伊德的交往过程以及她对弗洛伊德既满怀崇敬又敢于抗争的矛盾心理，编者分别节选了第一小节至第十四小节和第七十三小节至第七十七小节。

献给弗洛伊德
"无可指责的医生"

一

维也纳，1933—1934 年。我住在自由广场上的瑞吉纳饭

第四章 散 文 篇

店里。桌上有本小小的台历。我数着日子，把过去的每一天从日历上划掉，计算着周数。我的心理分析时段很短，时间倏忽而逝。在我停下脚步、把钥匙留在服务台上的时候，饭店大厅里的服务员对我说："等哪天，您能代我向教授问声好吗？"我说只要有机会我会的。他说："还有，啊，教授夫人！那可是位出色的女士。"我说我还没遇到过教授夫人，不过听说她是教授完美的贤内助，这可算是——不是吗——最高赞赏了。服务员说："您知道布格街吗？以后等——啊，将来教授不在了的时候，人们会把它叫做弗洛伊德街的。"我走向布格街，拐进熟悉的街口：韦恩区 9 号，布格街 19 号，就是它了。这儿有宽宽的石梯和一个围栏。有时候，我会碰见下楼来的人。

石梯是弧形的。楼梯之间的平台上有两扇门：右边的是教授工作室的门；左边的是教授一家的房门。显然，设计成两个单元可以尽量不使家人、学生和病人混淆去处；教授既属于我们，也属于他的家庭；这是个枝蔓丛生的大家庭，包括最亲的家人、远房亲戚和家庭成员的朋友们。楼上还有一个单元，不过，除了在我之前接受心理分析的人以外，我很少在楼梯上遇到其他人。

接受分析的时间已经为我安排好了，一个星期有四天是从 5 点到 6 点；一天从 12 点到 1 点。至少，这是我接受第二轮心理分析的时间安排。我注意到，那是从 1934 年 10 月底开始的。实际上，战争打响后，我就离开了瑞士，并把一些书和信件留在那里，其中有我 1933 年在维也纳写的日记。在我的印象中，教授特意把第二轮心理分析的时间安排与第一轮的保持一致，因为我曾经跟他讲过一天中我最青睐的是傍晚时分。总之，我有五个星期的时间。最后一次作心理分析是在 1934 年 12 月 1 日。第一轮心理分析始于 1933 年 3 月，时间要长些，在 3 到 4 个月之间。我本不打算重返维也纳，可是从 1933 年夏天到 1934 年秋天，发生了许多事情。多尔弗斯事件①多少令我不安，但还不至于对我产生深刻的影响。我回到维也纳，是因为我听到了关于一个人的消息。我时常在他下楼的时候遇见他。他去约翰内斯堡的一个会议上作演讲，驾着自己的飞机到了那里。在返回的途中，飞机坠落在唐纳尼卡。

二

我并不总在楼梯上遇到他。他可能会在教授的书房或咨询室里拖延一下时间，继续他和教授的谈话，这样的话，在我把大衣挂在大厅之后，我可能就碰不到他了。我会被直接带到等候间。要不然就是在我前面的他走出教授密室的同时，我刚好走了进去。在我放外衣的时候，他正要取回他的大衣或帽子。他个子很高，看上去像是英国人——不过是容易被人当成英国人的人。后来我知道，在获得欧洲大陆的学位之前或之后，他在牛津学习过一段时间——不管怎样，他不会是德国人，不会是美国人；不过有谁能弄清这些事儿呢？事实是，他就是我所认为的"容易被人当成英国人的人"——荷兰人。

好久以后，我才知道他叫 J. J. 范德留伊。有一次，在教授的要求下，他跟我谈过交换心理分析时间的问题。当时是夏天，在维也纳城外德布林的一所大房子里，那里是教授全家避暑的地方。那一天应该在 1933 年 6 月底或 7 月初。在那里，对我们的接待更显亲切随意，让人不太有在教授自己家中体会到的权威感和真实感。不过，在城郊一位陌生人的家里度过的

---

① 指 1934 年奥地利总理多尔弗斯被纳粹刺杀的事件。

第四章 散　文　篇

时光并没让我永别维也纳。我回来了。

我告诉了教授我回来的原因。在接受第一轮心理分析的时候，教授已是 77 岁，我 47 岁，范德留伊博士比我年轻许多。教授告诉我，他们都管他叫"会飞的荷兰人"。他是位出众的学者。他正式与教授进行共同的研究，希望能把心理分析的原理应用到普通的教育中，切实地寻求国际间的合作和理解。他曾经接触过一名教师或者年轻的宗教人士，受到东方思想的影响，但并不就此满足。他想将精神世界的法则用来解决尖锐的现实问题。在我看来，他是这份完美事业的完美人选。教授不曾向我提起，J. J. 范德留伊自己已经意识到与他卓越的飞行本领相关的深层欲望或者说潜意识倾向。这位"会飞的荷兰人"明白，一旦到了空中——空气是他的组成成分——他就会飞得太高，飞得太快。"那才是我真正在意的东西，"教授说道，"我可以告诉你，那才是我们真正在意的东西。"教授又补充道："上次他走后，我觉得我已经找到了解决办法，我真的找到了答案。但是已经太晚了。"

我对教授说："每当我在楼梯上或是在大厅里见到 J. J. 范德留伊的时候，总会产生一种满足感和安全感。他看上去是如此自立自信，平和沉稳——您告诉过我他的工作。一直以来，我都觉得他就是使用、传递火炬——传递您思想的那个人，而且不是以墨守成规的方式去做。我觉得，您的心血、您的工作和您工作的未来方向都将特别地传授给他。哦，我知道有个叫心理分析联合会的庞大机构，有专门的研究人员、医生、受过训练的分析师和诸如此类的人！但是范德留伊博士和他们不一样。我清楚您深知这一点。我回到维也纳是来跟您说，我很遗憾。"

教授说："你来是为了接替他。"

三

我不是有意地回想起这位"会飞的荷兰人",特意把他与我的写作联系在一起,或者特意将他编织到我的遐想世界里。我自身的问题,我对无意识或者说潜意识形态的展现的强烈兴趣,似乎都与他无关。他是那样富有个性,那样英俊潇洒、学识广博、生活优裕。我觉得自己妒忌他那看似简单的性格。他属于知识分子那一类,但也善于处事,有着外交官甚至商人的风范;没有人会认为他遭受了折磨或困苦;他身上完全没有狂飙突进①的影子。他看上去是位翩翩学者,但绝不是死啃书本、寡言内向的那种读书人。你可以说,就像灰色或蓝色的外套非常适合他一样,他的身体就是为他而造的,姿态完美、平和儒雅;你可以说,他的灵魂就是为他的身体而生的,而他的思想就是为他的大脑所设的;他前额饱满而光洁;目光深邃,闪烁着水手眼中的蓝色光芒;他的眼睛接近蓝灰色,不过带着灰蒙蒙的北海的感觉。是啊,你可以说它们清凉、冰冷、深邃却风平浪静。是啊,当我后来又想起他时,他看起来有着墨丘利的气质——他成了墨丘利。

我想我几乎没有跟教授提起过这个生着翅膀的信使的名字。希腊人管他叫赫尔墨斯,罗马人管他叫墨丘利。不过有一次,我梦见了马克广场上有名的拉斐尔·多纳喷泉里的一个雕像,在和教授谈话的过程中,我曾辗转地谈到了他。那是个很美的喷泉,里面雕有河神的卧像,两位是女神,两位是男神。我的梦和我在伦敦认识的一个小伙子有着关联。他的名字并不

---

① 原文是德语 *Sturm und Drang*,原指17世纪后期德国的一个文学流派,以抗争和反叛为主要特征。

第四章 散 文 篇

是河流,不过名字带有溪流和河流的意思,所以我们都叫他河流。我把这位年轻的河流先生与出现在我梦中的较为年轻的男河神联系起来。正是在那个时候,我跟教授说,喷泉里那位躺着的河神铜像和姿容威仪的墨丘利倒有几分相似。我们都认为,相比之下,拉斐尔·多纳喷泉里的神像更加优美动人,不过要是扶起躺着的河神,让他站立起来的话,他也许会和墨丘利略有几分相像——要么,反过来,让墨丘利枕着胳膊躺下的话,他也许也能成为喷泉里的一个河神铜像。教授总能这样巧妙地得出结论,既给予谈话充分的重视,又不过分夸大不重要的细枝末节。因为在当时看来这个细节并不重要。

恐怕现在看来它依然无甚重要。然而,在回想中发现思维是如何转变的是件很有意思的事。我曾经把拉斐尔·多纳喷泉里的雕像、雕像暗示的墨丘利,与一位迷人却普通的伦敦青年联系在一起,可是雕像真正对应的人却在维也纳,在那里——曾经在那里——此人平卧在这沙发上,每一次他躺下的时间都在我接受心理分析前的一个小时。正像我说过的那样,我并不是存心要想起范德留伊博士,或者特意将他编织到我的遐想世界里。在他坠机身亡后,我也没有把他看成墨丘利——这位众神的信使和亡人的向导。

他是位陌生人。我并不真正了解他。我们只在维也纳郊外德布林的房子里交谈过一次。教授在宽敞陌生的会客室里向他招手。范德留伊博士鞠了一个躬,用礼貌而漂亮的德国话对我说,仁慈的夫人是否愿意改动明天的时间安排?我用英语回答他,我完全不介意,我4点来,他5点来。他用英语很友好地谢了我,语调里不带任何口音。那就是我和"会飞的荷兰人"之间第一次也是最后一次的谈话。我们互换了"时间"。

四

教授77岁了。他5月份的生日是个重要的日子。那个陌生房子的咨询室里有他的一些珍宝和那张有名的桌子。除了那张桌子，房间还是老样子。桌上没有围成半圈的艺术品，却精心摆放着一组花瓶；每个花瓶里都插了一束兰花，或者一朵鲜花。我没有为教授准备任何东西。我说："对不起，我没给您买任何东西，因为我不知道自己到底想要什么。"我说："无论如何，我想给您与众不同的东西。"我的话可能听上去有点漫不经心，有点傲慢无礼，要么是两者居其一，要么两者兼而有之，不知道教授是如何理解的。他招招手，示意我走到沙发跟前，我对他生日显示出的轻率态度不知是令他满意，还是不满意。

我还没有找到自己想要的，所以没给他任何东西。我们在布格街的老房子里聊天时，曾谈到过我们的旅行经历。有时候，教授确切地知道我去过的地方，有时候，他则要借助一个雕像或一幅画来了解，比如悬挂在沙发上方的那个老式的卡纳克神庙钢雕。我去过这座神庙，他没有。可是这一次，我们谈到了意大利；我们都去过罗马。时间向前翻，向后翻。岁月的梭子牵着一根纱线，把我的图案和教授的图案编织到了一起。"啊哈，西班牙梯子，"教授说。"那些杏树枝，"我说，"在所有的鲜花和花篮里，我对它们的印象最深。""可是，"教授说道，"栀子花！在罗马，就连我都买得起一朵栀子花，把它戴上。"我并不是在回顾往昔，以激发对未来的想象。此刻，现实与往昔、往昔与未来都彼此融为一体。

就连我也能在维也纳找到一朵或一大把栀子花吧。可是我没能找到。过了一年，我从伦敦写信给一位在维也纳的朋友

——一个在那学习的英国学生——请她费心,为教授的生日寻找一簇栀子花。她回信说:"我四处寻找栀子花。可是花商们跟我说弗洛伊德教授喜欢兰花,人们总是为他的生日预定兰花。他们想你应该知道这事儿。我替你送去了兰花。"

五

过了一段时间,教授收到了我送去的栀子花。那天不是他的生日,也不在维也纳。我在伦敦见到了他。那是个全新的环境。他刚来不久,是流亡到此的。那是个带着花园的大房子。人们都在纷纷议论和担心着教授收藏的大名鼎鼎的希腊和埃及古玩,以及各式各样的中国和其他东方国度的珍宝。箱子终于还是送来了,可是家里人还是怀疑宝贝——哪怕是其中的一件——是否完好无损。好在,在教授的好友兼门生玛丽·波拿巴夫人,即希腊的乔治公主的影响和慷慨救助下,箱子终究被送来。教授称呼她"公主"或者"我们的公主"。我很惊讶地看见他桌上放着几尊希腊雕像。这间房里的桌子,和 1933 年我第一次去维也纳时在城外度夏的房子里见到的桌子好像是相同的。可是现在是 1938 年的秋天。"您怎么把这些东西从维也纳搬过来的?"我问他。"我没有把它们带过来,"他回答说,"公主把东西弄到巴黎,等着我来,好让我宾至如归。"在这个尔虞我诈的邪恶世界上还是有忠诚和美丽存在的。飞行的旅程令人害怕。五年前,在维也纳的时候,他就告诉我旅行对于他来说已经是不可能的事情了。显然,那位始终在他身边,随叫随到的知名专家严禁他旅行。(如果没记错的话,正是在这位忠诚的朋友陪伴下,教授飞越了欧洲大陆。)见到熟悉的桌子,见到桌上那些熟悉的半新半旧的摆设,我很难意识到这里是伦敦。老实说,还不如把这儿当成是某个稍显熟悉的临时住所,像是在德布林的那所房子。从地理位置上看,这个令人舒适的地带相对于伦敦的位置,正相当于德布林相对于维也纳的位置。但是布格街,即未来的弗洛伊德街,是再也回不去了。

六

不过,在我一个午后的想象中,我仍是可以继续我的探求和搜索的。栀子花也许就在某个地方。在西区的花店里我找到了它们,在一张卡片上,我潦草地写道"欢迎诸神回来"。教授收到了栀子花,我收到了他的信。

> 马里斯菲尔德花园 20 号,
> 伦敦,N. W. 3
> 1938 年 11 月 28 日

亲爱的 H. D. ,

今天我收到了一些花儿。出于偶然,或者出于本心,它们是我最喜爱的花,我最欣赏的花。有几个词"欢迎诸神回来"(别人读成:诸物①)。没有署名。我猜想这礼物是你送的。如果我猜对了,不用回答我,仅接受我对这番美意的衷心谢意。

> 永远都爱你的,
> 西格蒙德 · 弗洛伊德

七

我后来只再见过教授一次。那也是个夏天。在一片看上去

---

① 原文分别是 Gods 和 Goods。

很舒服的草坪上，几扇法国式的窗户敞开着。诸神或者说诸物都在书架上各归其位。我不是单独和教授在一起。他静静地坐着，若有所思，闷不作声。我担心，一直以来都担心会影响、干扰他的凝思，耗尽他的精力。我总是不由自主地这样担心着。别人也在场，谈话以一种惯常的、井井有条的方式进行着。就像诸神或诸物一样，我们围坐成一个快乐的圆圈；一种符合常规，却又是受到克制的应景式的热情弥漫在四周。大家都做出有安全感的样子，至少没有人去回忆新近发生的惨况，或提起前景迷茫的未来。我到瑞士后，很快伦敦的官方新闻部门就宣告了世界大战的爆发，旋即又宣布心理分析学的创始者和奠基人，开拓了无意识知识领域的西格蒙德·弗洛伊德博士死了。

八

我本来用的词是"走了"，可是我有意将这个词划掉了。是啊，他死了。我没有掺杂任何的私人感情。教授是个老人。他83岁了。战争降临在我们的头上。我并不为教授感到悲哀或者想念他。他躲过了巨大的灾难。他把研究集中在健康或不健康思维机理上，你也可以说，他研究的是当代人的思维机理。也就是说，通过提出个人的童年就是人类的童年——或者是否也可以反过来说？——人类的童年就是个人的童年，他将过去和现在联系到了一起。总之（无论反过来说是否准确），在众多的发现中，他开辟了无意识这一特殊领域，进而证明了鲜为人知的原始部落人群的思维特点和倾向，以及存在于已消失文明里的仪式的形态和实质，仍旧扎根在人类的思想中——人类的心理中，如果你更愿意用这个词的话。不过根据他的理论，灵魂是明显存在的。当一个人头脑疯狂、精神错乱时，灵魂就借助他的思维和身体显现出来。关于比较超验性的问题，我们从不争论。但是在我们的内心，始终隐藏着某种争论。我们走到一起是为了彰显某种东西。我不知道那是什么。我的脑子总被什么东西敲击着；我不是说我的心脏——是我的大脑。我想将它释放出来。我想把自己从——我自己的，也是我同代人的——反复出现的想法和经验中解脱出来。我并不具体知道我到底想要什么，但是我明白，我和我在英国、美国和欧洲大陆认识的许多人一样在飘荡。我们在飘荡。身在何处？我不知道，但是至少我承认我们正在飘荡这一事实。至少，我清楚这一点——我要（在必然出现的历史洪流将我们席卷到意识的主流和大瀑布般的思潮前）站在一旁，如果可以的话（如果还为时不晚的话），我要收拾好自己的行囊。你可以说我有——对，我拥有只属于自己的某种东西。我拥有我自己。当然，我并不真正拥有自己。我的家庭、我的朋友和我的处境拥有着我。但是我还是有着某种东西。它就像只桦树皮做成的小舟。未知的、超常的、超自然的广袤森林包围着我们。在涌动的浪潮中，我至少能及时地将小船驶入浅水，归拢我质朴的身心，请求那位居住在海角天涯的老隐士与我交谈，告诉我如何把握航行的方向。

我们只稍稍地讨论过更为抽象玄奥的问题。的确，我们把它们与熟悉的家庭事件联系在一起。然而，我们没有剪除，甚至是修改其中思考和想象的成分。我的想象天马行空；我的梦充满启示，许多梦都带有古典的或圣经的象征意义。思想就像事物，可以被收集，被联系，得到分析、规整和化解。看似无关的思想片断时常被发现存在于同一个特别的思想或记忆层面上，从而可以被聚拢起来；思想的碎片好像被拼连成精妙的希腊水罐、铮亮的玻璃碗和花瓶，在黄昏的天色下，它们在橱柜

第四章 散　文　篇

的架子上一闪一烁，对面的我伸展着身体，斜倚在韦恩区 9 号，布格街 19 号那所房子里的沙发上。只要还存留在记忆里，只要在梦中仍然被想起，死去的东西就依然活着。

九

永远都爱你的……不知怎么了，我突然触怒了他。我从沙发上坐了起来，双脚落在地上①，不太清楚自己说了些什么。我保留了一些在维也纳时所作的记录，可是我从来没有整理过它们，以后也没有再读过它们。我不想按照一板一眼的历史顺序来回忆事件。我希望唤回种种印象，或者毋宁说，我希望种种印象能将我唤回，让各种印象自动浮现，摆出它们自己的顺序。"会有一大堆人去写关于教授的回忆，"沃特·史密德伯格②对我说，"我料想萨赫斯和公主都已写好了自己的那份了。"

心理分析师史密德伯格不无讽刺地谈论着：在第一次世界大战时，他是一名在俄国前线作战的年轻的奥地利军官，担任"马的队长"。他早先就是这么形容自己的，那时他的英语还没不太像样。对我来说，"马的队长"所传达的意义要大过"骑兵队长官"或"护卫队的长官"；正如同他某天嘴里蹦出的"针树"要比"松树"或"长青树"蕴含更丰富的意义一样。因此，和印象留下的烙印一样，语言留下的烙印可以是"正确的"，具有特别的风格，而词语本来的特质却丧失了。和史密德伯格一

---

① 弗洛伊德往往要求接受心理分析的人斜躺在沙发上。这一点，可以从前文对"会飞的荷兰人"的描述中看出。
② 沃特·史密德伯格（Walter Schmiedeberg）和下文中的汉斯·萨赫斯（Hanns Sachs）都曾是 H. D. 的心理分析师。

样，人们都很容易去做自我评判，随口说出"谁都会涂写几笔回忆的"，但我的回答是"是的没错，可无论是希腊的乔治公主，还是从前在维也纳和柏林，后来去了马萨诸塞州的波士顿的汉斯·萨赫斯博士，都涂写不出教授留给我的那份印象"。此外，我想没有任何人能比史密德伯格，这位昔日年轻的骑兵队队长，更加温情、更加幽默地去描述教授了。在战争最黑暗的日子里，他成了向布格街走私雪茄的一流高手①；教授在意大利身陷囹圄的苦难岁月中，一直对他信赖有加。不无讽刺的是，教授被关押时，战争已然结束。

十

关于那位公主、萨赫斯和曾在弗朗西斯·萨尔瓦特大公麾下担任奥匈帝国第十五皇家骑兵队队长的沃特·史密德伯格，我不想再多说了。我自己呢，从沙发上坐了起来，不按规矩地端直了身体，双脚落地。教授自己也足可以算是不讲规矩了；他用手、用拳头猛敲着马鬃编制的老式沙发的靠背。这座沙发听过的秘密，比任何一个最受欢迎的罗马天主教神父在忏悔室里听到的还要多。向神父忏悔是心理治疗和心理分析的初始手段。心理分析是理顺纠结缠绕的无意识思维，并在此过程中进行心理治疗的一门科学。在我的意识中，我没觉得说了什么令教授大发雷霆的话。即使当我坐直了身体，面对着他的时候，我还冷静地琢磨他是不是在采用什么方法，加快分析的速度，或者重新引导彼此关联的意象的流动。教授说："问题是——我是个老头子——你认为我不配得到你的爱。"

---

① 弗洛伊德酷爱雪茄。

第四章 散文篇

十一

　　他的话把我吓了一跳——我吓得什么感觉都没有了。我一言不发。他想让我说什么呢？真的，这就像是天神在我躺着的沙发后背上捶拳头。他究竟为什么那样做？他一定知道我的感受。也许，他确确实实地知道；也许，他就是要我有那样的感受；也许，这只是一种计谋，为的是震慑我，击碎我不完全意识到的某种东西——某种不会，也绝不能被打碎的东西。我来到这里是为了不让自己崩溃。如果我崩溃了，就不能和教授继续进行下去。难道他认为我远离友好舒适的环境，来到陌生的城市，对抗他这条火龙，把自己变成他的兽穴是件轻而易举的事情吗？维也纳？威尼斯？我的母亲曾在那里度蜜月，以新娘的身份疲惫不堪地"走完"了意大利。或许母亲那时已经身怀那个很早就夭折的女孩了。她谈起过维也纳，特别是那里的面包，自己是如何喜欢那些各式各样的面包卷，它们的形状，有一种里面掺的是罂粟籽，还有噢——咖啡！我为什么到维也纳来？教授说过，我之所以来维也纳，是希望找回我的母亲。母亲？妈妈。可是我的母亲已经死了。我已经死了；我是说，在我肚子里呼唤着妈妈的那个孩子已经死了。无论如何，他是个非常令人恐惧的老头，集苍老、孤僻、智慧和名望于一身，像一个用吃粥的小勺捶打桌子的小孩似的，挥舞着拳头。

　　我向沙发后面坐了坐。你可以说，我是偷偷地往后挪了挪。我故意精心地重新整理了一下滑落到地上的沙发毯子。沙发很光滑，靠背很硬。我的身体简直太长了；要是再长一点的话，我的脚就要碰到立在屋角的老式瓷炉了。《纽恩布格的炉子》是我母亲爱读的一本书。书里的故事我一个也记不起来了，而且我也没有必要花时间举出一堆细小的例子，向教授说明我正想着一本叫《纽恩布格的炉子》的书。一切都很明显；那儿有个炉子，人们可以看见炉中令人快乐的火光，角落里立着炉子。我看到了瓷炉，想起了一本叫《纽恩布格的炉子》的书，可我又为什么花时间谈这个呢？

虽然有炉子，可有时人还是会觉得挺冷。我抹平沙发毯子上的褶子，悄悄地瞟了一眼手表。几天前，教授曾因为我支起胳膊看手表而责骂了我。他说："我留意着时间——我会告诉你谈话什么时候结束。你不用动不动就看时间，好像你急着要走。"我摸了摸表带，把冰冷的手插进毛毯。每次进门的时候，我都发现搁在沙发脚边的毛毯被折得整整齐齐的。这毯子是小个子女仆葆拉从大厅里过来叠好的，还是我前面的谈话者在临走前叠好的？我也有这样的习惯。我前面的谈话者是"会飞的荷兰人"；他没准不去理会那毯子——男人会这样的。我该不该问问教授是不是每个人都在走之前叠好毛毯，还是只有我才这样？从一开始，教授就把我和"会飞的荷兰人"归为一类——我们是学生。这个时代乃至未来都最伟大的思想家指引着我这名学生。但是教授并非永远正确。

十二

我没有与教授争论。事实上，我是找不到答案。如果他想借此唤起我情感的抗争，那么他并没有成功——意识之根扎得太牢，意识之流潜得太深。有一天，他说："今天我们隧道钻得很深。"有一天，他说："我找到石油啦。是我找到了石油。不过油井里的东西只刚刚被取了样本，里面的油，里面的资源够研究开发50年，100年的——不会更久了。"他还说："我的发现从根本上讲不能包治百病。我的发现是一种庄严哲学的基础。理解它的人凤毛麟角，有能力理解它的人凤毛麟角。"

有一天,他对我说:"你在自己身上发现的东西就是我在人类身上发现的东西。"对所有这些话,我希望日后能做出我自己的回答。此时此刻,我正躺在沙发上,刚刚整理了一下滑到地上去的毛毯。我把手插进毯子,不知道教授有没有发现我看了一下手表。我真的有些被击垮了,但是我不做任何回答。

十三

在沙发的一角,有个老式的瓷炉。我父亲也有个这样的炉子,放在屋外的工作室或书房里,他把它搭在我们第一个家的花园里面。父亲的房间里也有沙发和叠好的,搁在沙发脚边的毛毯。沙发后背的靠枕也稍稍有些凸起。和这个房间里的一样,父亲的书房里也装满了一排一排的书。房里有一股皮革的气味,炉子的布头噼啪作响,和这里一样。墙上有一幅画,是伦布朗的《解剖课》,一个头盖骨被高高地摆放在父亲书架的顶端。铃罩下有一只白色的猫头鹰。我可以坐在地上,拿着一个布娃娃或者一叠纸娃娃,但是我绝对不能在他写字的时候和他说话。他"写"一行又一行的数字,而我那时还区分不了数字和字母,弄不清谁是谁。父亲摊开身体躺在沙发上的时候,我绝对不能同他讲话。因为他在晚上工作,所以白天躺在沙发上闭目休息的时候,是不可以被打扰的。可现在是我躺在沙发上,房间里装满了一排一排的书。

但是不对,这间房里没有那么多的书;装满一排又一排书的是另一个房间。我确信,这两间房的窗户都对着院子。但我不能肯定。反正,这里很安静。听不到街道上车辆的声音,也听不到房子一侧弗洛伊德家人做家务的声音。在这个房间里,我们单独相处。虽然共有两个房间,但是被宽大的双拉门隔开的那间房简直就是这间房的一个部分。我躺下的时候，天已黄昏，黑暗穿透开着的双拉门，一直延伸到炉子的右侧。穿过房间，有一扇门通向狭小的候客室。候客室的外面便是大厅，我们把大衣挂在大厅里的挂钩上，像人们在学校或者大学里做的那样。"会飞的荷兰人"来了又走了。我和他不仅与教授有着相同的关系，都是探求者或者教授所说的"学生"，而且我们与我躺着的这个沙发也有着相同的关系。最初，当我因为自己长得"有点太高了"，显得不太好意思时，教授宽慰我说在我前面的谈话者"其实还要高很多"。

十四

我的哥哥比我高很多。我五岁，他七岁，或者我三岁，他五岁。某个夏日。草儿有些干枯，我们的脚边有几片干裂的树叶。它们是从一棵梨树上飘落下来，这棵梨树能结出黄澄澄的大梨子。梨儿已被采摘了。这棵梨树的对面有另一棵梨树，结出的是小小的黄梨；它们成熟的时间要早些。我们的梨树旁边还有一棵苹果树，一大块木头躺在苹果树下。木头既像圆桌，又像厚实的板凳。它太重了，我们搬不动，可是我们同父异母的哥哥埃瑞克（他在我们眼中已经是大人了），很轻松地就把它挪开了。我们看见了重得搬不动的木头下面的世界。那里有各式各样好玩的展览品。像蚂蚁一样的小东西在迅速移动；它们四下里拼命赛跑，可总能回到同一个粘土坡或者小土堆上。在被分割成细条的小水沟里，一些白色的、不长翅膀的生物蜷缩地躺着。木头的底部原是个顶篷，盖在一溜整齐排列的敞开的坟墓上，没准里面摆着阿斯特科人或埃及人的墓室呢，不过那时的我还没有听说过这些事情。这些蜷缩的白色蠕虫还没有被生出来。它们拼命挣脱，就像还未刺破的疖子。说不准，它们本来是不用挣脱什么的——它们也许是不用破茧而出的幼虫，时间一到，就被"孵化"了。不过我只是看到了它们，并不知道它们的身份，还有将来会长成什么模样。我哥哥和我目瞪口呆地站在这一片被揭示的天地前。埃瑞克仔细地盯着玩命打转的蚂蚁。后来，他小心翼翼地把木头放回原处，尽可能恢复保护小白虫的顶篷。

东西下还有东西，事件中仍藏事件。

七十三

我祈求的仁慈的上苍已经把老教授带走了。在轰炸和战火吞噬这座城市之前，他离开了我们；他化作一把骨灰，被珍藏在瓷瓶里，或者抛洒在伦敦城外某处陵园的花草丛中。我猜想陵园的墙上一定有一块大理石板，或者园里小径旁的神龛里放着个小盒子。我甚至还不曾看过石板或盒子上那熟悉的名字，名字后面可能标注着日期，也不曾在被修剪过的紫杉或是芬芳的灰绿色薰衣草围绕的小径上逡巡过，缅怀着教授。因为我们的陵园设在别处。

> 你可知道那片土地？那里柠檬花开，
> 茂密的枝叶里金橘闪耀；
> 轻风掠过晴空万里，
> 桃金娘沉默不语，月桂树昂首挺立。
> 你可知道那里？
> 那里呀，那里——
> 我的至爱，我要与你同去！

你可知道那所屋宇？屋顶架在立柱上，
内室明净，厅堂敞亮，
大理石像在我面前将我打量：
"可怜的孩子，远方的人们对你怎样？"
你可知道那里？
那里呀，那里——
我的护主，我要与你同去！

你可知道那座大山？那座云桥？
骡马穿行在薄雾里，
老龙深居在洞窟中，
悬崖万丈，洪浪滔天！
你可知道那里？
那里呀，那里——
我的父亲，让我俩同去！①

七十四

  我说过了，这些印象会牵引着我，而不是我牵引着它们。最初的印象将我带回我与教授的初次会面。葆拉打开了门（当时我还不知道这个小巧的维也纳女仆叫葆拉）。她帮我脱下大衣，说了一些欢迎的话，我却有些尴尬，因为我正在用英语思考问题，也只有英语单词才能让我反应过来。她带我走进候客

---

① H. D. 这首悼念弗洛伊德的诗《你可知道这片土地》（"Kennst du das Land？"）出自歌德的小说《维尔姆·迈斯特的学徒生涯》（*Wilhelm Meister's Apprenticeship*）中的片断，由编者自译。

第四章 散 文 篇

室，那里有缀着花边的窗帘，墙上挂着名流的相框，我认识当中的一些人；哈夫洛克·艾利斯博士和汉斯·萨赫斯博士①凝视着我，在反光的玻璃镜框下，他们熟悉的面容有些走样。房间里摆放着教授珍藏的，模样简朴却镶了框的新英格兰大学的文凭，我后来曾到那里参加过考试。此外，还有一幅充满死亡气息的、精心勾画的丢勒式象征画②，画的是"活埋"或类似的主题。我在房间里候着。我知道西格蒙德·弗洛伊德教授和博士将会打开我对面的这扇门。虽然我对此心知肚明，也一连几个月为这场考验作了准备，然而当门打开的时候，我还是吓了一跳，震惊不已，好像他是在我等待后猛地出现在眼前似的。

不由自主地，我穿过了那道门。门关上了。西格蒙德·弗洛伊德一言不发。他在等我先说话。我说不出话来。我环顾四周。酷爱希腊艺术的我，不由自主地估量起房间里的陈设。在我左边和右边的书架上摆放着玲珑可爱的无价之宝。人们跟我讲起过教授本人、他的家庭和他的生活方式。我知道一些关于教授的鲜为人知的轶事。我听说过爱戴他的人如何出于爱护而批评他，仇视他的人如何气赳赳地呵斥他。我了解到他三五年前得过的重病又复发了，为了潜伏的口腔癌或者咽喉癌他又动了一次手术，还奇迹般地康复了（这让维也纳的医疗专家们大为吃惊）。说来奇怪，我仿佛觉得为了某个目标，我和他都被"奇迹般地拯救"了。不过这只是一种感觉，一种氛围——是种我能意识和洞察得到，却又无法言说的东西。即便当时我领

---

① 哈夫洛克·艾利斯博士和汉斯·萨赫斯博士(Dr. Havelock Ellis and Dr. Hanns Sachs)都曾经是 H. D. 的心理分析师。

② 丢勒(Albrecht Dürer)，德国 16 世纪著名版画家，作品有深刻的宗教和道德寓意。

会到它的意义，也不会将它说出来。我深知，确确实实地深知，到教授这里来是我莫大的荣幸。我能来是因为萨赫斯博士建议我来，并且在给教授的信中介绍了我。萨赫斯教授满怀敬意地谈起过教授，有时候，还会半开玩笑地提起"可怜的教授夫人"。但是谁也没有跟我讲过，这间房里摆着一排排的珍宝。我将要问候海中的老人，但是谁也不曾告诉过我他有从海底深处打捞上来的珍宝。

七十五

这里是他的家，他是珍宝中的一员。我远道而来，带着空空的行囊。他有自己的家庭，续着传统的家谱，家族历史可以追溯到罗马帝国，乃至更远古的圣地①。

> 啊，普绪喀②来自的地方，
> 叫圣地！

他无比的老迈，在天平上称量着普绪喀——灵魂——得到分量。难道当灵魂跨过生命之门，进入永恒之界的时候，要向看门人问候吗？看似如此。我原以为在门槛那一边的看门人一定会问候全身颤抖的灵魂的。教授却不这样。不过，看我无话可说，他开口了。他说的是——想起来真有些悲哀——"你是唯一一个进了房间后，先看东西，后看我的人。"

更糟糕的事还在后头。一只像狮子似的动物正向我举步而

---

① 指以色利。弗洛伊德是犹太人。
② 普绪喀（Psyche）是希腊神话中与爱神爱洛斯相爱的美丽公主。该词在希腊语中的意思是灵魂，这是英语中心理学一词的由来。

第四章 散文篇

来——是条狮子般的母狗。她是从沙发后面或者别的什么隐秘的角落里冒出来的吧，反正，她正一步步地走过地毯。我又羞又怕地弯下腰来跟她打招呼。但是教授却说："别去碰她——她会咬人——她对生人很凶。"生人？难道对守门人来说，正跨越门槛的灵魂是个生人吗？看来是这样。我虽然不是十足的爱犬人士，却也挺喜欢它们的，而且它们有时竟也很待见我。如果这次是个例外，我愿意去冒这个险。我没有被教授喝止的举动震住，一边继续和这条狗打着招呼，一边俯身在地，好让她想咬就咬。犹菲——她的名字叫犹菲——在我的手里抽抽鼻子，又轻柔地在我的肩膀上蹭了蹭头。

七十六

所以，我可以再说一次，教授不是永远都对的。也就是说，虽然他总能做出正确的分析判断，但是我特有的正确方式，我可以在须臾间（这在精神时间的计算上是举足轻重的）产生的直觉，却往往来得更快。在某个直觉的瞬间里，我能更迅速地做出判断。知识大树的小小茎须有时在土里反而钻得更深。他的知识好比那知识树的巨根，而我呢，有时候，比如听到"生人"这个词的刹那，凭着几乎看不见的发丝般的直觉触角，也能发出警告，解决问题。"我们要让他瞧一瞧，"我那根看不见的直觉茎须反驳着。在来不及形成任何想法前，"爱屋及乌"这个词触动了我。"他会看清楚我是不是无动于衷的人，"我的感情反扑了过来，虽然它无法用语言传达。"要是他真这么有智慧，这么聪明的话，"那根细小的茎须发出了信号，"你就让他看看你也一样有智慧，一样的聪明。让他看看你有你自己观察旁人的方法，那可不是光看看他们平常的外表而已。"虽然还不能用语言来传达，我的直觉已向教授发出了挑战。这种直觉真的无法述诸语言,但是一定要说出来的话,那就大概是:"我为什么要看您呢?您包藏在您钟爱的东西里,如果您责怪我先看房间里的东西,后看您的话,那么,好吧,我还要接着看房里的东西。它们当中有这条金毛小狗,她会咬人,对不对?您叫我生人,是不是?好,让我告诉您两件事:第一,我不是个生人;第二,就算我两秒钟前还是个生人,现在我不再是了。此外,对这只金色的犹菲来说,我从来就不是什么生人。"

无声的挑战继续着:"您是非常伟大的人。我局促难安,又羞又怕,不知所措得像个高个女学生。但是,您且听着。您是个男人。犹菲是条狗。我是个女人。如果这条狗和这个女人互相'喜欢',这将证明,在您暗示的因果评判以外——如果这可以被说成是评判的话——还存在另外一种因果关系,另外一套问题和答案。"毋庸置疑,教授从新的来访者,或者说病人的第一反应里发现了端倪。我当时全无心理准备。而如果我做好了准备,情况反倒会更糟。

七十七

"或是机缘,或是直觉,"我在 9 月 19 日的日记开头写下了这样的话。我查了查"远古奥秘"的日历本,发现这一天对应的是"古埃及神话中的墨丘利、透特①和公正之秤的执掌者圣杰努里阿斯"。我们都知道雅努斯②,他是古罗马神话中的

---

① 透特(Thoth)是埃及神话中的神祇,相当于希腊神话中的赫尔墨斯(Hermes)或罗马神话中的墨丘利(Mercury),他们都掌管智慧,并且有给亡人引路的职责。H. D. 经常在自己的作品中把他们喻为人生的指引者。

② 雅努斯(Janus),罗马神话中的门神,长有双头,分别看着前方和后方。

门神,是一月的保护神,代表着神圣的万物之始。

雅努斯的头面朝两个方向,正如门既能打开,又能关闭一样。在这个房间里,我们有出口,也有入口。我还注意到房间的四壁,并提到过第四维空间①的问题。"增加的一维空间存在于推理假想之中。"字典上会给出这样好笑的释义。雅努斯还守护着一年中占四分之一时光的季节。透特是最早的测量者,他是后来希腊神话中赫尔墨斯的原型。我还把他和更后来的罗马神话里的墨丘利,还有我们的"会飞的荷兰人"联系到一起。

对我自己来说,我有个我珍爱的故事;我早已将它彻底"遗忘"了;如今,它忽然被我想起。故事里有一个叫一月船长②的灯塔守护者和一个遭受船难的小孩子。

教授与我一起做的研究和"学习"才刚刚开始。

3.《结束磨难》

《结束磨难》(*End to Torment*)是 H. D. 继《向弗洛伊德致谢》之后的又一部回忆录,记录了她和诗人庞德年轻时代的感情经历和以后终生保持的友谊。庞德是美国乃至世界最为杰出的当代诗人之一,是现代主义文坛的领军人物,他一生笔耕不辍,勇于创新,用毕生的时间写下《诗章》(*Cantos*)这一具有现代诗坛里程碑式意义的著作。在他的热心鼓励和积极扶持下,一大批年轻诗人被推向文坛,其中包括像 T. S. 艾略特这样日

---

① 参见本书简介。
② 一月的英文 January 的词根正是罗马门神 Janus。一月是新年伊始之际,象征着"灯塔守护者"为避难的孩子带来新生。

后享有盛名的杰出诗人。H. D. 也在此列，不过她和庞德的交往却有更深的渊源。庞德是她青年时代的恋人，更是她诗歌道路上的引路人。两人曾一度订婚，但由于 H. D. 家庭的反对和其他一些原因，他们最终分道扬镳。但是他们之间始终保持联系。毋庸置疑，庞德是 H. D. 一生中举足轻重的人物，给她带来过莫大的快乐，也带来过巨大的伤痛。此书成于 1958 年，当时的 H. D. 已经年过七旬，因摔伤在瑞士的一家医院疗养。在好友和医生的敦促下，她打开尘封半个世纪的记忆之门，抽丝剥茧，努力地去挖掘内心深处曾经不愿面对的情愫。她借用好友的话为此书命名，以纪念庞德在众人的努力下结束牢笼生活，重获自由。全书采用了日记体形式，其中选用了许多当时的报纸杂志里刊登的有关庞德的消息。在 H. D. 的笔下，岁月风尘点点滴滴地汇聚起来，平实沉静的语气中夹杂着沧桑，饱蘸着深情。本书选取的片段集中表现了青年时代的 H. D. 与庞德的一段情感历程。

（库斯纳赫特）[①]

1958 年 3 月 7 日
星期五

雪花落在他的胡须上。不过，那时的他还没有留胡须。雪花从松树枝上飞落下来，像干粉末落在赤金[②]之上。"我因为

---

① 库斯纳赫特（Küsnacht）是瑞士的一家疗养院，H. D. 在完成此书期间因摔伤在此疗养。
② 赤金指庞德头发的颜色。

第四章　散　文　篇

头发交了五个朋友，因为我自己只交了一个。"

他是不是还戴着一顶软帽，帽檐压到了眼睛？戴着一副面具，一个伪装？他的眼睛是最不吸引人的地方。不过我没记错吧？它们看上去很小。颜色吗？鹅卵石般的青绿色？当然，他的眼睛还是很有特点的。人们说它们看上去很恐怖，仿佛月光穿行在蚀刻般的树影之中。冷冰冰的？

有点像僵尸。此刻，我周身都僵硬了起来。

也许我一辈子都有冷硬的特质，就是人们所说的"意象"的特质；直到今天，人们还在说我的诗"像斧凿出来的石刻"，还说，"她的意象鲜明——就是这个词。"

人们说要找的"就是这个词"。也许他用过这个词；也许这个词是用我们交融的气息写就的。他大概十九岁，我比他小一岁。他非常的成熟老练，非常的超凡脱俗，非常的不修边幅。完全不像我的哥哥们和他们的朋友们——也不像跟我们跳舞的男孩们（他的舞跳得很差劲）。他会说，没关系的，旁边有这么多人。听到这话，女孩们还是同他跳了。这儿，在冬日的树林里，发生的事情看似很有意义。

事情却又显得万分的微不足道——他是在自我炫耀吗？他为什么要说："她问我'你以前吻过别的女孩吗'？我回答'从来没在直布罗陀的岩石①下亲吻过'。"

那就没必要再问下去了。初吻了吗？在冬日的树林里——人们还能指望什么呢？不是这样。就像通了电，有了磁性，他们没有感到有多么温暖，他俩只是被磁化了，充满了活力。我们再也不要回去了，就在这树下躺着吧，死在这里。我们已经

————————
①　位于欧洲大陆南端直布罗陀海峡上的一块巨石，此处应有天涯海角的意思，是庞德自我揶揄的话。

感觉不到寒冷了。这就是僵尸的最初症状吧？

过去大人们总说："四处跑跑，孩子们，只要一直跑，就不会有事的。"我停下来没跑了吗？

只要有勇气把他呼喊回来，就暂时停跑吧。

已经很少有人知道他那时的样子了。有几分像年轻的伊格纳茨·帕德雷夫斯基①，不过没那么健壮。如果他瘦弱的身躯能发育得很好的话，竟也有几分史文朋②的味道。但是比起上述的波兰作曲家或英国诗人，这位年轻的叛逆者要更激昂和顽强。我们私下都说他在"写东西"，但他还没向我说起这事。"你在哪里？回来呀——"我听到踩着平底雪橇的人群在上面喊叫着，接着又听到"嗨！嗨！哟"（你在他的诗里读到过这句）。在我的下意识里，他仿佛倏忽一下回到我的日常生活中。他把我拖出了阴影。

3月8日

现在没人能懂这种感觉。记忆从地洞里涌了出来，"可是您一定要写写他。"可我写的没人爱读。埃瑞克③管我的回忆叫，我不知道那是什么，不过在我的小字典里，它的意思是"蚂蚁"。埃瑞克说他想让我用这些蚂蚁，这些"Ameisen"来为《诗章》写一篇评论。他在苏黎世拿到了该书选段的德—英版本。"你想要吗？"他边说便把平装书递给我。庞德的脸从平装书封面的黑色反光中朝我看过来。我喜欢这封面的感觉。封面

---

① 伊格纳茨·帕德雷夫斯基（Ignace Paderewski, 1860-1941），波兰钢琴演奏家和作曲家。

② 史文朋（Swinburne），19世纪后期的英国诗人。

③ 埃瑞克（Erich Heydt）是 H. D. 在库斯纳赫特时的心理医生，也是她的好友。

第四章 散 文 篇

上完全正面的脸,在黑色的背景下呈现古铜色,像铜镜里的影像,正看着我。"不,"我把书递了回去。"可这儿——写了你的,"埃瑞克说,"这里,依娃·海丝①说是他创造了'意象主义'这个词汇来说明一位年轻诗人的诗作——年轻的女诗人——在这儿——就是你。"但是我没要这本书,"我在别的地方读到过,"我说。也许它是我三年前读过的那本书的重印本?我有过许许多多的书籍,成堆的纸张和小册子,但是我把它们都交给薇薇依了,让她把它们和别的书一道放在朋友那里。我读了《诗章》,读了关于它的文章。诺曼·皮尔森②不停地叫我解释书中的典故。我全都放弃了。后来当我读到一篇文章《与艾兹拉·庞德共度周末》时,所有的记忆都复苏了。我让琼恩帮我弄一本在苏黎世读过的那本旧书的新版本。

大卫·拉特瑞写的《周末》一文刊登在 1957 年 11 月 16 日出版的《国家》杂志里,文中登载了一幅在塔特美术馆展出过的温德姆·刘易斯③的肖像画。温德姆·刘易斯过去总来肯星顿我们住的狭小公寓里,向理查德·奥尔丁顿④借剃须刀。这让理查德很烦心。艾兹拉和多萝西住在大厅另一头稍大一些的公寓里。在他们结婚前的某一天,我看见他们的房门开着,艾兹拉在里面。"你在干什么——什么呀?"我问。他说他正要找一个地方避开叶芝。后来他搬过去的时候,我大吃一惊。他们

---

① 依娃·海丝(Eva Hess)是德文书《艾兹拉·庞德诗歌散文选》(*Ezra Pound, Dichtung und Prosa*)的英译者。

② 诺曼·皮尔森(Norman Person)是 H. D. 的好友,出版了她的许多作品。

③ 温德姆·刘易斯(Wyndham Lewis),英国画家和小说家。

④ 理查德·奥尔丁顿(Richard Aldington),英国诗人和小说家,H. D. 当时的丈夫。

住得近极了。不过我们很快去了汉姆普斯泰德,一个朋友帮我们在那儿找到了大一点的公寓。

从那以后,我们很少再见到艾兹拉和肯星顿的朋友们了。1914年的战争此时已经打响了。理查德和我在意大利度过了艾兹拉所说的"不正式的蜜月"后,在1913年10月结了婚。

那一年在威尼斯,在从开普瑞——那不勒斯回来的途中,我见到了艾兹拉。

他一定要让我参观一个教堂。我们穿街走巷,走过桥和狭窄的通道,好似在迷宫中寻路。天很热——我想是5月吧。教堂很阴凉,里面有一个雕有冷冰冰的美人鱼的楼座,是圣母玛利亚大教堂。多年以后,二战爆发,我从伦敦重返此地,手提包里放着当年教堂司事送给我的画着圣母玛丽亚的还愿图,和另外一张画着圣马可的纪念画。众所周知,艾兹拉那时住在拉帕罗①。

战后,1946年5月,当我来到库斯纳赫特的时候,我清理了东西放得乱糟糟的手提包。我为什么把画片都撕掉了?唉,它们残旧不堪,和我一样,而我必须找到新的护身符。我在写作中找到了护身符。我满怀热情地写作,但是关于艾兹拉的真实故事,我却绝口不提,最多也是一笔带过。

莫里先生是这里的一位客人。除了海德特和琼恩,我从未向任何人提起过艾兹拉——现在秘密之门打开了。莫里先生知道关于艾兹拉的一些事情。莫里先生是一位高高的、沉郁的美国抽象派艺术家,他的声音十分悦耳。他谈起乔伊斯、叶芝和艾略特。这些人物和他们的世界又都呈现在我的意识中。今天他给我带来了一幅画。"您一定要保存它,"他对我说。这幅画

---

① 拉帕罗(Rapallo)是意大利南部小镇,庞德二战前后在此居住。

第四章 散 文 篇

画的是一只蓝色的动物,是一头狮子,在可能是象征一棵树的柱子后行走。画的名字叫《铁笼中的诗人》。画面令人昏昏欲睡。琼恩说要帮我把画挂起来,然后到楼上去找地方了。

我在这里隐姓埋名,极力让自己不为人知。但是谈起和想起艾兹拉使我与周围的人有了交道。不过这也是新近才出现的情况;我是说,这一简单自然的疗法,是从我一读再读《周末》一文后才发现的。

3月9日

吃饭前,我们照例喝一杯基安蒂红酒,琼恩反复端详着这幅画。她已经把画挂在布赖尔①送来的洛桑书柜的上方。早饭后,我在床上写东西的时候,看了看这头狮子。琼恩说过,"它看起来像头水牛。还有些鸟儿呢——这会儿,我又看见一头。"从这里望去,我看不到狮子的头,画的没准是牛头怪兽呢。它像是要从笼子里冲出去。

现在柱子变成了树。狮子要来吞噬我,还是拯救我——或者两者都有?

众人都说我应该去苏黎世再拍一张X光片。这真让我害怕。我说不出这害怕的滋味,仿佛是在"黑夜中前行"。他们说不定又要我呆在诊所里面。我害怕被抓住,关起来,被禁锢——这是种对禁锢的恐惧。去年冬天,我在西尔斯兰德诊所里呆了十六个星期。现在我能绕着屋子,四处走走了。走到外面去终究还是太冷了……

1915年,我第一次遭受禁锢的时候,并没有见到他。那

---

① 布赖尔(Bryher)是英国女作家 Winifred Ellerman 的笔名,H. D. 与她在第一次世界大战后结识,随后两人成为一生的挚友。

解读西尔达·杜丽特尔

一年,我失去了孩子。四年后的 1919 年,我有了第二个孩子。他匆匆地赶到环境优雅的圣菲斯疗养院,疗养院位于伦敦城外的伊林镇,一脸胡子,黑色软帽,乌木手杖——活像歌剧里的道具——气派的大衣,威尔第①再世。他昂首阔步地在房里走着。又像是被咳嗽呛到了,又像在笑,"你看起来真像温科特的格拉姆皮夫人(或者别的什么名字)。"温科特在费城郊外,庞德在那里住过。也是,我穿着合身的带花边的黑色斗篷。看起来自然一点也不苗条。他敲打着乌木手杖,就像在挥舞一根指挥棒。我记不清了。只是依稀感觉他重重地敲打,用手杖重重地敲打着墙壁。在我人生的一次重大危机中,他也曾像这样,在出租车里,狠狠地敲打手杖。这次的经历也是我人生的一次重大危机。它就发生在这里。"但是,"他说道,"我真正要批评的是,这个孩子不是我的。"

我不知道是谁让他进来的。我不知道他会来。尖叫是被绝对禁止的。我当时是想尖叫吗?很抱歉,我的样子吓到了他。第二天,1919 年 3 月 31 日,孩子降生了。

在出租车里,他第一次敲打手杖,那还是在我结婚之前。在艾兹拉和我的"订婚"关系解除后,弗朗西斯·格雷格②填补了我费城生活的空白。也许,失去艾兹拉使我的生活陷入真空,而弗朗西斯就像这真空中的蓝色火焰。1911 年的夏天,和她还有她的母亲一道,我首次登上了去欧洲的旅途。回到美国后大约一年,弗朗西斯来信说,她要结婚了("当你收到这封信的时候,我已经结婚了")。她说自己嫁给那位英国大学讲师的一个目的——实际上是主要目的——就是回到欧洲,好

---

① 威尔第(Verdi),19 世纪意大利著名作曲家。
② 弗朗西斯·格雷格(Frances Gregg)是 H. D. 青年时期的密友。

和我在一起；我们可以一起去比利时，"路易斯"在那里教课。

在牛津马戏团①，我看见艾兹拉在我屋外的人行道上等着我。他又是出乎意料地突如其来。他开口说："我作为你最亲近的男性友人……"接着叫了一辆出租车。他把我推了进去，敲打着手杖，像我说过的那样狠狠敲着。"你不要和他们一起去。"我前一天刚去过维多利亚车站，到饭店里见过他们。一切都安排妥当了。之后，艾兹拉肯定去见了他们。"艾格（他这样叫她）不可能开心的，你会把一切都弄糟的。"在维多利亚车站，面对带着旅行面纱的、结了婚的弗朗西斯，我神情尴尬地解释说："我不来了，我改变主意了。"她丈夫神情尴尬地把支付车票用的支票还给了我。艾兹拉气急败坏地一直等到火车开出了站台。

3月10日

《周末》是理查德·奥尔丁顿从法国的苏里安凡给我寄来的。我把它还了回去，然后又把它要了回来。我想让海德特、布赖尔和才来这里几天的乔治·布朗克都读一读。我对乔治说过"那是我第一次取笑艾兹拉，是因为——那是多少年前了？是因为他把茶往果酱瓶或者是装花生酱的瓶子里倒"。我再次得到这篇文章后，把它寄给了在塞赛克斯的乔治，他还回来后，琼恩、布赖尔和埃瑞克都读了它。我们都觉得艾兹拉的生活环境太悲惨了。于是我谈起了艾兹拉。我再次给在法国的理查德去信，问他我是否应该把《周末》还给他。他回信说："你千万要好好保存这篇拉特瑞写的关于艾兹拉的文章。把他写成一个普通人，而不是记者笔下的抽象符号或政治'事业'是多

---

① 伦敦闹市区的一个地名。

么令人欣喜的改变。"

在梅·辛克莱①的工作室里,一个普通的艾兹拉把桌子上的许多书扔到书架上,书架摆在高高的斜屋顶下,高得让人够不着。"这些人在逼迫你,"他说着"你不可以把这些书拿下来。你不可以给他们所有人写信。"后来,他向我们解释说:"都是因为她的《圣火》。你们读过吗?"那些人是诗人,和《圣火》的主人公一样挣扎在社会底层,艾兹拉叫他们一群小鱼儿。在和弗朗西斯,还有她的母亲离开美国前,我就读过这本书。我从不指望能遇见像她这样的知名人士。奇怪的是,如果艾兹拉发现了某个人有天分,哪怕只是一星半点的天分,他都会对那人百般照顾。我还能想起那些书,全是薄薄的诗卷,我猜想大部分都是处女作。当然,辛克莱小姐还是叫了一个大概是门卫、擦窗工或是消防员的师傅,带来一个大得吓人的梯子,作风老派、对人一向彬彬有礼的她,是不愿冷落她的小鱼儿们的。

一天早上,理查德、艾兹拉和我一起在肯星顿散步,艾兹拉说:"我们去看一看梅吧。"辛克莱小姐打开了公寓的门。她玛丽女王式的刘海包在卷着的纸片里。我扯了一下理查德的袖子想要离开,可是艾兹拉已经一下子冲进了她的工作室。梅·辛克莱对自己一大早的模样没做任何解释。她是,就像诺尔曼·道格拉斯曾经说过的"当今的珍稀物品,一个贵妇"。

3月11日

20年代初,我在她的圣约翰木屋里与她单独见过面,后

---

① 梅·辛克莱(May Sinclair),英国女小说家,《圣火》(*The Divine Fire*)是她的一部小说。

第四章 散　文　篇

来我们在斯露恩街我住的公寓里又见了一面。那时，已经有一个不苟言笑的护士在照料她了。不久之后，有报道说，她住进了精神病院，从此便销声匿迹了。我再也没有见过她。1947年，她死后，我在洛桑收到了她的律师送来的一则告示。她留给艾兹拉、理查德和我每人50英镑或者100英镑，我们还可以从她的图书馆里各自挑选大约500本书。有人送来了一个长长的打印好的书目。那律师，我猜想是她的侄子，跟我说要书的人不少，建议我不要拿得太多。我要了所有的艾兹拉、理查德和我自己写的书，几本梅的小说和莎士比亚词索引。

温德姆·刘易斯几年前死了。死前，他就已经双目失明了。

我也失明了吗？埃瑞克·海德特，这里年轻的主治医生，似乎认为我失明了。1953年夏天，在洛桑动完手术后，我第二次来到这里，他在我的手臂上扎了一针。那大概是我第二次或第三次见到他——也许是第一次？他说："你认识艾兹拉·庞德，是不是？"一个陌生人这样问让我大吃一惊。他或许把艾兹拉注射到我身上去了。我极力地想，也不敢太肯定海德特医生打算干什么。他好像借助什么奖学金或旅行资金去过美国，参观了各式各样的医院和诊所；他还特别在圣伊丽莎白医院①呆过一段时间。他是怎么知道我认识艾兹拉的呢？他在花园里见过他，被一群来访者和信徒围着。"我问他们都是谁。在餐厅里，我见过他们当中的一些人。"我不想谈这个。"您为什么不看着我？"海德特医生说。"您为什么看着窗外。我在跟

---

① 圣伊丽莎白医院（St. Elizabeth's）在美国首都华盛顿。庞德被诊断为精神异常后，从1946年至1958年一直在这家医院接受治疗。

您说话。"

我太虚弱了,没有力气在意或者听他说什么。不过,我也许真的很在意。

埃瑞克·海德特让我读些他下午得到的记录。他说:"面对困惑,简单是最好的办法。"他做出一副学究的样子,问我对依娃·海丝的用词有什么看法,"她说是为了给你一个正确的定位,他才成立意象派的。"

《色拉皮它》①。巴尔扎克的一部小说。那个双性人在雪地里消失,或死去了。小说是艾兹拉带来给我的。

激情时刻的完美是不会长久的——是不是?

3月12日

月历第十天的祷告词是这样结尾的:观你的塑像带给我诚挚的心,让我不受迷茫之困。

我被迷茫所困。我被逼入迷途。是不是每一条人生道路都是错误?我憎恶在准备考大学的那几年里花时间学音乐、绘画、诗歌吗?我已经读得够多了。"你就是诗,虽然你写的不是诗,"艾兹拉引用着别人的句子。用的是谁的句子?我没去问他。在费城郊外我家的花园里,我们爬上了一棵高大的枫树。树上有一个我弟弟搭的乌鸦巢——是用做长条板凳的木块和一种平板搭的。粗大的树枝遮挡了我家的房子。篱笆外的大马路上不时有马车驶过。每隔半小时,会有电车从这里颠簸而过。他必须赶乘主干道上去温科特的最后一班车。"半小时后还有一班车,"我说着,准备从乌鸦巢里爬出去。

---

① 《色拉皮它》(Séraphita)是巴尔扎克的一部神秘主义短篇小说。主人公 Séraphita/ Séraphitus 是一个双性人。

第四章 散 文 篇

"不,树仙,"他说道,一把将我拽了回去。我们随风荡漾。无风。我们随星辰荡漾。它们并不遥远。

我们滑过枝条,一起跳向地面。"不,"我说,从他的怀里挣脱出来,"不,"躲开他的亲吻。"我跑在前头,叫停电车,不——快点儿,拿上你的东西——书——你扔在大厅里的那些东西。""我下次来拿,"他说。"跑啊,"我说,"跑啊。"他勉强赶上了电车,车身晃得厉害,车几乎没停,只停了一半。现在,我得面对家里人了。

"他又要迟到了。"我父亲给表上着发条。我母亲说:"你到哪儿去了?我叫你呢。没听见吗?艾兹拉·庞德在哪儿?"我说:"哦——他走了。""书呢?帽子?""他下次过来拿。"我干嘛要从树上下来?

《铁笼中的诗人》大约在两年前问世。在这篇发表在《墨丘利》上的德语文章里,庞德的爱恨情仇得到了充分展现。

当埃瑞克给我读这篇文章的时候,我划掉了一些过于随意的用词。毋庸置疑,这是一篇出色的综述,言辞中流露出巨大的挫折感。关于这位充满争议的诗人的文章已经很多了,其中不少是上乘之作。我又该写些什么呢?埃瑞克在谈起我写的记录时,说过"面对困惑,简单是最好的办法"。我希望他是对的。

3 月 13 日

月历 15 日的祈祷词是:愿你的希望不要使我困惑。

"怎么回事?怎么回事?"她们从不直接回答我的问题。她们只是说:"他真是个疯子。""怎么回事?""他太不可思议了;他告诉西林教授,萧伯纳比莎士比亚更伟大。""怎么回事?""他爱显摆;穿鲜艳的红袜子,老生不准新生穿那样的袜子。

二年级的学生把他扔到荷花池里。他们管他叫'荷花池'。"①
"怎么了?"他已经上毕业班的课了;这些,如果当真都发生过,那都是很久以前的事了。为什么系里的女教员们都在意这些鸡毛蒜皮的小事?怎么了?现在他已经走得够远了,没有再当罗曼语的教员了。"怎么回事?"他回来了,他回来了,他回来了。

校方让他离开②。我父亲说:"庞德先生,我没有说这次你做错了什么。我不会禁止你来家里,但是我请你少来几次。""怎么回事?""我在雪地里发现了她,当时我正要去寄信。她被旅行团落下了。她没地方可去。我让她进我的房间。她睡在床上,我睡在地上。""怎么回事?""事情还不止这样。艾德堂兄在温科特认识的人告诉他——"但是人们不告诉我他们跟他说了什么。"怎么回事?艾德堂兄认识一些温科特的人——""噢——是那样——我原以为我们的艾德堂兄是个有教养的家伙。"他是我母亲的堂兄,一个牧师,他告诉她——什么呢?什么呢?什么呢?

"温科特的人说,我是个双性人,有不正常的欲望。"我不懂这话里包含的是什么意思。如今,见多识广的青少年都会取笑当时的那些人的。可这是——1906年?1907年?

"树仙,你必须跟我走。""我怎么可以呢?我怎么可以呢?"他的父亲可以勉强凑点钱供他糊口。我一无所有。"总之,"好像是为了让我打起精神,一个老校友向我交了底,"人

---

① 原文是"Lily Pound",与"lily pond"(荷花池)谐音。
② 1907年至1908年庞德任教于印第安纳州的 Wabash College。庞德与同事之间关系不和,一次他的房东发现他的房间里有女客,随后他被请退。

第四章 散 文 篇

家都说他和玛丽安·摩尔订过婚。只要他开口的话,贝西·艾略特也是愿意的。这之前,还有路易斯·斯科得摩尔。"怎么回事?怎么回事?如此一来,订婚就像砸在地上的威尼斯玻璃高脚杯一样地被粉碎了。

今天下午,当我把最后一段读给埃瑞克听的时候,他说:"但是您并没有说你俩真的订过婚。""我暗暗点明了这一点。我没有把每一页都读给你听。我读给你听过,订婚取消后,弗朗西斯填补了我生活的空白。不管怎样,除非俩人之间有了——有了——至少是默契,不然的话,这位保守的小姐怎么会接受我一开始提到过的火热的吻呢?""您没说他给过您戒指。他给过您戒指吗?""当然了——你也太德国人了——""你们宣布了?所有的人都知道了?""哟,你怎么这么在意这些细枝末节的东西。是的,不。我是说,我理解我的父母对此不太高兴,而且我又羞又怕。我没有举办传统的聚会——共进午餐、晚餐或开个宣布消息的舞会,如果这就是你所说的东西。但是这又有什么关系呢?"

"他的父母来看过您吗?""当然。""他们很高兴?""非常高兴——我的父母并不高兴,我说过了。庞德夫人给了我一颗精致的珍珠坠子。""那么,你们的确是订婚了。您把戒指还给他了吗?""当然。""他去威尼斯的时候,给您写信了吗?""是的——是的——是的——是的——是的——"

3月14日

"您父亲说'我没有说这次你做错了什么'是什么意思?他也知道那件事吗?他是如何知道的呢?您没跟我说他是如何知道的。""老天啊——我暗暗点明了呀——有人说——""谁说的?都说了什么?""我哪里会知道。""您没有问吗?""没有——

没有——没有——没有——"

"您上的贵格会办的大学吗？它离费城远吗？""我想不是贵格会的——在中西部的什么地方——不是很远——""有那样的家庭环境一定让您很难办。您嫉妒那位睡在他床上的女孩儿吗？

"我怎么会嫉妒睡在他床上的人呢？""那么你们没有——？""你想让我去说生理的、病理的细节吗？""是的。""可为什么呢？""因为那很有意思，也因为我一直知道您有事情瞒着我。"

"您父亲让他别再来的时候，您在场吗？""在——但他说的是别来得太勤了。""他来了吗？""来了——没有——我同父异母的哥哥和嫂子住在房子的侧厅，面积很大。我们在那里碰面——有时候是在朋友家里——""好吧，告诉我——"

"那就下次吧，也许星期一。""我可以来得更早些。""不用，接下来的四天我们都已经有安排了。不了，五点钟了。你要错过火车了。""我叫了出租车。""啊，不管怎么说，五点到了——您下面还有会诊……"

会诊？他把我们的见面和互相拜访称为会诊。他每星期来三四次。他现在在苏黎世有自己办公用的公寓，在那里会见接受心理咨询的人和心理病人。前年夏天，我去过他那里不少次，不过，什么也没有"发生"。难道他，难道我希望有什么事"发生"吗？

往事如云烟。他喜欢我轻盈的夏装。在我的意识中，艾兹拉的形象不是一个爱人。但是他也许一直蛰伏在、潜藏在岁月的沧桑之中。埃瑞克提起他，是为了让我感到年轻和快乐。

我父亲发现我俩的时候，我们正在扶手椅上拥抱。我"死掉了"。魂不附体。全身散了架。我站了起来；艾兹拉站在我旁边。我们肯定摇摇晃晃，抖抖索索了吧。不过，我想我们并

第四章 散 文 篇

没有这样。"庞德先生,我没有说你做错了什么……"庞德先生,你大错特错了。你已经变成了一个色魔,一只山猫,而你怀里的女孩(你叫她,树仙),尽管她瘦弱不堪,还保有贞操,也成了崇拜酒神巴克斯的发狂的女人。

庞德先生,为什么不用你的魔法,你那"古老神灵的古怪咒语"去彻底变身呢?啪,啪,啪,……过来呀,我的山猫。我们出去吧。你透不过气来,我肚子好饿。你说哪里有葡萄来着——我饿得要命。

3月15日

"当这位——这位沃特告诉您那事的时候,您的心情如何?""你瞧——我没法说清楚。我感到全身发冷,一道地缝裂开来——""您的意思是,艾兹拉跟别人说您和他订婚了?""我不知道——只不过沃特说,'我想我应该告诉你,虽然我跟莎士比亚夫人①发誓不要——告诉你和别人。但是你应该理解。艾兹拉要跟多萝西·莎士比亚结婚了。'他真不该对别人明言相告或者暗示他——你——""您和艾兹拉谈过这个话题吗?""没有。"

"他到底对别人怎么讲的?""哦——我不知道……"飘浮着。飘浮着。在博物馆的茶室里我和他单独见面,有时候,也有别人在场。我们都在大英博物馆的阅览室里看书。昏暗的墙壁和阴沉沉的雕塑。弗朗西斯已经回家了。我可以等到父母过来。父亲70岁了,已经从大学里退休了。母亲在信中写道:"我们可以在基诺阿碰面。"我已经自己挣到津贴了。飘浮着?"但是树仙,"(在博物馆的茶室里)"这才是诗。"他挥动着一支

---

① 庞德的岳母。

铅笔。"把这个删掉，把这行缩短。《引路的赫尔墨斯》是个好标题。我要把这诗投给哈瑞特·蒙罗主编的《诗歌》。你有多的一份吗？有的？那我们就投这一份，或者我回来的时候，再打印一份。这样可以吗？"然后，他在纸页的底端潦草地写道"H. D., 意象派诗人"。

我有所隐瞒。在伦敦的这最后几年是个光彩的续尾。"您在隐瞒什么呢？"埃瑞克·海德特一再追问。我在隐瞒我和艾兹拉，这样说吧，"在行动中"被父亲撞见，在他的跟前站起来。我隐瞒是因为少女的初次拥抱比以后的任何"行动"都更有意义，尽管后者能满足生理的需求。"初恋"的意义怎么说都不为过。如果"初恋"是不和谐的存在，是天使—魔鬼，是色拉皮特斯—色拉皮它——接下来会怎样呢？去寻找一个甘心付出、力求完美的男英雄，这是寻求和谐生活的老套路。是什么样的奇迹才能使天造地设的婚姻臻于完美？这完美的奇迹填满了我十年的幻想与美梦，成就了我十年的诗文，可是最终身心的和谐完美、事业成就的桂冠都不会长久。在难以预料的世事中，它们将受到锤炼、寻找平衡、获得重生、重新聚焦，甚至只能被勉强维持。

参考书目

Doolittle, Hilda. *Bid Me to Live*. London: Virago Press Limited, 1984.

Doolittle, Hilda. *Tribute to Freud*. Oxford: Norman Holmes Pearson, 1971.

Doolittle, Hilda. *End to torment: A Memoir of Ezra Pound by H. D.*. New York: New Directions, 1979.

Doolittle, Hilda. *The Gift*. London: Virago Press Limited, 1984.

Duplessis, Rachel Blau. *H. D.: The Career of That Struggle*. Bloomington and Indianapolis: Indiana University Press, 1986.

Edmunds, Susan. *Out of Line: History, Psychoanalysis and Montage in H. D.'s Long Poems*. Stanford: Stanford University Press, 1994.

Friedman, Susan Stanford. *Psyche Reborn*. Bloomington: Indiana University Press, 1981.

Friedman, Susan Stanford. *Dating H. D.'s Writing*. In Susan Stanford Friedman and Rachel Blau Duplessis eds. *Signets*:

Reading H. D.. Madison: The University of Wisconsin Press, 1990.

Guest, Barbara. *Herself Defined: the Poet H. D. and Her World.* New York: Doubleday, 1984.

Martz, Louis L. ed. *H. D. Collected Poems 1912-1944*. Manchester: Carcanet Press, 1984.

Quinn, Vincent. *Hilda Doolittle (H. D.)*. New York: Twayne Publishers, 1967.

Zilboorg, Caroline ed. *Richard Aldington and H. D.: The Early Years in Letters.* Bloomington: Indiana University Press, 1992.